TIMBRE MORTEL

DANS LA MÊME COLLECTION :

- ☐ Nº 1 — HIGGINS MÈNE L'ENQUÊTE
- ☐ Nº 2 — MEURTRE AU BRITISH MUSEUM
- ☐ Nº 3 — LE SECRET DES MAC GORDON
- ☐ Nº 4 — CRIME À LINDENBOURNE
- ☐ Nº 5 — L'ASSASSIN DE LA TOUR DE LONDRES
- ☐ Nº 6 — LES TROIS CRIMES DE NOËL
- ☐ Nº 7 — MEURTRE À CAMBRIDGE
- ☐ Nº 8 — MEURTRE CHEZ LES DRUIDES
- ☐ Nº 9 — MEURTRE À QUATRE MAINS
- ☐ Nº 10 — LE MYSTÈRE DE KENSINGTON
- ☐ Nº 11 — QUI A TUÉ SIR CHARLES ?
- ☐ Nº 12 — MEURTRES AU TOUQUET
- ☐ Nº 13 — LE RETOUR DE JACK L'ÉVENTREUR
- ☐ Nº 14 — MEURTRE CHEZ UN ÉDITEUR
- ☐ Nº 15 — MEURTRE DANS LE VIEUX NICE
- ☐ Nº 16 — QUATRE FEMMES POUR UN MEURTRE
- ☐ Nº 17 — LE SECRET DE LA CHAMBRE NOIRE
- ☐ Nº 18 — MEURTRE SUR INVITATION
- ☐ Nº 19 — NOCES MORTELLES À AIX-EN-PROVENCE
- ☐ Nº 20 — LES DISPARUS DU LOCH NESS
- ☐ Nº 21 — L'ASSASSINAT DU ROI ARTHUR
- ☐ Nº 22 — L'HORLOGER DE BUCKINGHAM
- ☐ Nº 23 — QUI A TUÉ L'ASTROLOGUE
- ☐ Nº 24 — LA JEUNE FILLE ET LA MORT
- ☐ Nº 25 — LA MALÉDICTION DU TEMPLIER
- ☐ Nº 26 — CRIME PRINTANIER

(Page à découper ou à copier)

Je souhaite recevoir :

- ☐ Le catalogue complet
- ☐ Les volumes cochés au prix de 30 F l'unité, soit :

...... livres à 30 F = ...

+ Frais de port (*1 à 3 vol. : 15 F ; 4 vol. et plus : 20 F*) ......

Total ......

Nom : Prénom :

Adresse :

Paiement par chèque ou mandat à :
GDV-VPC BP260 75264 PARIS Cedex 06

J.B. LIVINGSTONE

TIMBRE MORTEL

EDITIONS GERARD DE VILLIERS

ISBN 2-7386-5726-5

Ô vous, témoins fidèles de ma vie, Nuit et toi Diane, qui gouvernes le silence quand s'accomplissent les mystères sacrés, maintenant soyez-moi favorables ; appliquez maintenant votre colère, usez maintenant de votre puissance contre la maison de mes ennemis.

Horace, *Épode V*

CHAPITRE PREMIER

Ainsi, il allait mourir.

Lui, Sir Balfour Pregforth, ancien directeur de la poste de Sa Majesté, premier philatéliste du royaume après la reine, détenteur d'une inestimable collection de timbres, serait assassiné cette nuit même, d'après le dernier message qu'il avait reçu.

Au début, il avait cru à une plaisanterie de mauvais goût ; les menaces se précisant, il s'était vaguement inquiété. À présent, il avait peur. Seule certitude : cette persécution, en raison de la forme qu'elle avait prise, était l'œuvre d'un philatéliste averti.

L'hôtel particulier de Sir Balfour était l'un des plus somptueux de Mayfair, quartier chic de Londres où la domesticité avait encore le sens de ses devoirs, et où les chauffeurs de Rolls-Royce ne toléraient pas le moindre grain de poussière sur la carrosserie. Combien de brillantes réceptions avait-il données dans le grand salon, vert jade et blanc, au parquet en marqueterie, meublé d'authentiques fauteuils du dix-huitième siècle, de commodes Regency et de sofas des Indes ? Les invités avaient l'impression de déambuler dans un palais où l'œil cédait à d'incessants enchantements.

Mais tout cela n'était rien à côté du sanctuaire où seuls de rares connaisseurs, dont Sa Majesté Élisabeth II, étaient admis. Dans son bureau du premier étage, pièce immense où trônaient de hautes bibliothèques en acajou, Sir Balfour conservait des milliers de timbres rares. Chaque jour, il en contemplait quelques-uns, assis à son bureau austère, dont les quatre pieds cannelés reposaient sur un tapis rouge de haute laine.

Près de la cheminée, à côté de la pendule en argent massif, le buste en marbre de Sir Rowland Hill, né en 1795, et mort en 1879, couvert d'honneurs et de gloire pour avoir inventé le plus beau fleuron de l'époque moderne : le timbre-poste.

Sir Balfour se flattait de ressembler un peu à cet immense génie qui, après des études approfondies, avait décidé de procéder à une réforme radicale du Post-Office. Avant sa fabuleuse décision, régnaient l'anarchie et l'injustice ; tarifs prohibitifs, acheminement incertain, lettres refusées par les destinataires qui n'acceptaient pas de payer des taxes s'alourdissant à chaque passage de pont ou de frontière d'un comté, déficit énorme, mécontentement croissant de la population... bref, une situation apocalyptique, lit d'une fraude permanente, que seuls défendaient parlementaires et grands personnages dans la mesure où ils jouissaient de la gratuité du courrier.

Sans craindre leur courroux, Rowland Hill avait convaincu les autorités de procéder à une réforme radicale : chaque expédition affranchirait désormais ses lettres avec une vignette postale vendue par le Post-Office. L'Archimède du timbre, le Christophe Colomb du nouveau continent postal, pouvait écrire avec fierté dans son journal intime :

Six mai 1840 : au travail à sept heures cinquante. Première utilisation des timbres aujourd'hui. Cale, mon assistant, est allé à la poste centrale et rapporte qu'environ la moitié du courrier était timbré.

Autrement dit, le triomphe. La victoire sur la barbarie, la naissance d'un art à nul autre pareil, et la possibilité, dès le premier moment, de commencer une collection.

Sir Balfour jeta un regard reconnaissant à Rowland Hill, anobli par la reine Victoria ; puis son attention se concentra sur le premier timbre émis, le célèbre *Black Penny*, le penny noir, aux oblitérations variées. Sir Balfour les possédait toutes, notamment les fameuses croix de Malte rouge, vermillon, carmin ou orange, ainsi que les cachets variant selon les villes. Sa collection comprenait même les exemplaires du *Black Penny* qui n'avaient jamais été mis en circulation, car il s'agissait de timbres réservés aux services gouvernementaux et reconnaissables à la présence des lettres V.R. dans les coins supérieurs, à savoir V.R., *Victoria Regina*, la reine Victoria. Le *Black Penny* était naturellement orné du profil de la grande souveraine, si satisfaite de se voir ainsi immortalisée et que le timbre ne fut pas modifié tout au long du règne.

Le penny noir... noir, comme les premières émissions françaises, bavaroises, espagnoles et luxembourgeoises que possédait Sir Balfour, noir comme la mort qui lui avait fixé rendez-vous. Le noir du penny avait été obtenu grâce à un mélange de blanc de zinc, de noir de fumée et d'huile de lin ; mais de quoi serait fait le noir de la mort ?

Bien sûr, il avait réfléchi, et il croyait avoir identifié l'assassin. C'est pourquoi il n'avait pas alerté Scotland Yard, se contentant de prendre des précautions pour que le crime, s'il avait lieu, ne reste pas impuni. Toute sa vie, Sir Balfour avait eu raison ; son inexorable progression s'était fondée sur une absolue confiance en lui-même, toujours couronnée de succès. On ne tuait pas un homme comme lui. Aussi sa peur nourrissait-elle l'une des passions les plus ardentes des collectionneurs : la curiosité.

À dix heures trente précises, comme le dernier message l'avait annoncé, on frappa à la porte de son bureau.

— Entrez.

Sir Balfour avait donné congé à ses domestiques, son épouse était à l'opéra. Comme convenu, il affronterait seul l'assassin.

La porte s'ouvrit lentement.

Le philatéliste sourit, satisfait.

— Ainsi, c'était bien vous !

— Je n'étais plus très difficile à identifier.

— Ne gâchez pas mon plaisir ; comme d'habitude, j'ai eu raison.

— Vous semblez détendu.

— Pourquoi ne le serais-je pas ?

— Je vais vous tuer.

— Vous savez bien que non.

— Ne serait-ce pas le plus juste des châtiments ?

— Bien excessif à mon avis.

— Le crime appelle le crime, Sir Balfour.

— Morale dépassée.

— Pas pour moi. J'ai fait un vœu, et ma vie n'aura de sens qu'au moment où je le réaliserai.

— Allons, allons... Mais avec quoi voulez-vous me supprimer ?

— Avec ceci.

Sir Balfour Pregforth ouvrit des yeux ébahis. En un instant, son esprit de philatéliste averti comprit que l'affaire prenait mauvaise tournure. Pour la première fois de son existence, à soixante-dix ans révolus, il craignit d'avoir mésestimé l'adversaire.

— Lâchez ça, voyons.

L'assassin avança vers le bureau. Sir Balfour courut vers la fenêtre, mais une poigne de fer l'agrippa, et une main précise mania le coquillage tranchant qui lui ouvrit la gorge.

Couvert de sang, incapable de parler, Sir Balfour leva un bras implorant et ne rencontra qu'un regard dédaigneux.

— Que Dieu vous damne et qu'il me pardonne, dit l'assassin en jetant l'arme du crime sur le corps de sa victime.

CHAPITRE II

À présent, c'était une certitude : Trafalgar était malade. Il refusait la tourte de saumon émincé à l'oseille pour se réfugier sous un fauteuil, devant la cheminée, à l'endroit où, d'ordinaire, l'ex-inspecteur-chef Higgins lisait le *Times*

Gastronome, gourmand, raffiné, Trafalgar le siamois avait de splendides yeux bleus dont la teinte, sous l'effet de la fièvre, avait légèrement viré au gris. Sans doute un mauvais virus apporté à The Slaughterers, petit village du Gloucestershire, par l'un de ces citadins pressés du week-end.

Higgins, promis aux plus hautes destinées, avait pourtant pris une retraite anticipée que beaucoup d'instances supérieures avaient déplorée ; mais l'ex-inspecteur-chef, qui demeurait le meilleur nez de Scotland Yard, ne transigeait pas avec certains principes. Comme il n'était pas décidé à vendre son âme, fût-ce au grand patron du Yard, Higgins s'était retiré dans son domaine familial afin d'y soigner sa pelouse, faire pousser ses roses, relire les bons auteurs et s'entretenir longuement avec son chat sur la fin de l'humanité.

Bien sûr, il fallait composer avec Mary, l'intraitable gouvernante de soixante-dix ans qui gardait bon pied bon œil après avoir traversé deux guerres mondiales, une cinquantaine de crises économiques et plus encore de scandales politiques. Elle avait même survécu à un piètre match de l'équipe anglaise de football contre le reste du monde, mais s'était engagée sur le chemin d'un progrès que désapprouvait Higgins, allant jusqu'à installer le téléphone dans sa cuisine privée. Chacun respectant son domaine et les goûts de l'autre, un traité de non-belligérance avait été heureusement conclu.

Plutôt trapu, de taille moyenne, les cheveux noirs, la lèvre supérieure ornée d'une moustache poivre et sel, les tempes grisonnantes, l'œil malicieux mais inquisiteur, l'air débonnaire, l'ex-inspecteur-chef était un confesseur-né qui inspirait naturellement confiance. Bien des assassins ne s'étaient pas méfiés de ce personnage sympathique, bonhomme et paisible ; de sa voix douce et grave, il les avait souvent acculés à des aveux complets.

Mary s'aventura au seuil du salon rempli de souvenirs d'Orient, un paravent japonais du dix-huitième siècle, un buffet laqué de Cathay sur lequel trônait un Bouddha souriant, et un fauteuil en bois d'ébène aux accoudoirs taillés en forme de caratères chinois.

— Avez-vous compris que votre chat était malade ? Cette pauvre bête n'a même plus la force de venir voler dans ma cuisine. Êtes-vous décidé à le laisser mourir ?

Les rapports entre Mary et Trafalgar étaient plutôt conflictuels, mais la robuste gouvernante, qui ne croyait pas aux rhumes et à l'arthrite dont souffrait Higgins, semblait prendre la situation au sérieux. Sans attendre la réponse de l'ex-inspecteur-chef, elle pénétra dans son territoire, prit doucement le chat dans ses bras, lui ouvrit la gueule et versa dans son gosier une mixture à base de plantes.

— Aucune grippe n'y résiste, affirma-t-elle. Si les gens connaissaient encore les plantes, ils n'auraient pas besoin de recourir à cette maudite chimie.

Trafalgar, assis sur son derrière, avait les yeux dans le vide.

— Êtes-vous certaine que votre potion...

— Taisez-vous et patientez. Dans moins de deux minutes, il aura retrouvé son appétit.

De fait, le siamois commença à s'ébrouer, comme s'il se débarrassait d'ondes nocives. Revigoré, il sauta sur le tapis avec une suprême élégance et, la queue en l'air, s'approcha de sa tourte de saumon qu'il dégusta en se léchant les babines.

Rassuré, Higgins songea à s'octroyer une longue promenade en forêt où il frôlerait la tanière d'un vieux sanglier solitaire et se régalerait d'un concert de chants d'oiseaux. Aussi se vêtit-il d'un Tielocken, le plus traditionnel et le plus sûr des imperméables, et se coiffa-t-il d'une casquette de tweed. D'un pas lent, il sortirait de sa demeure du dix-huitième siècle aux murs de pierre blanche et au toit d'ardoise, franchirait le petit pont enjambant la rivière Eye, et s'enfoncerait dans le bois.

— Téléphone pour vous, prévint Mary. Votre collègue, le superintendant Marlow.

La gouvernante avait prononcé ces derniers mots avec une nuance de mépris ; pour elle, Scotland Yard n'était qu'un ramassis de brigands.

Higgins ôta son couvre-chef et empoigna le combiné.

— Comment allez-vous, mon cher Marlow ?

— Comme dirait un Français, je suis au trente-sixième dessous.

— Difficultés administratives ?

— Bien pis.

— Un crime ?

— Sir Balfour Pregforth a été assassiné.

— Le grand philatéliste ?

— Lui-même.

— Un collectionneur envieux ?

— Trop tôt pour le dire. Sir Balfour avait invité Sa Majesté à venir voir ses dernières collections ; en haut lieu, on est scandalisé par cet acte de barbarie et l'on m'a demandé de résoudre cette affaire au plus vite.

Le ton du superintendant Marlow était réellement angoissé ; Higgins en fut ému. Il appréciait la conscience professionnelle de Scott Marlow, un policier honnête qui considérait sa fonction comme un sacerdoce. Son rêve était d'appartenir un jour au corps de spécialistes chargés de la protection rapprochée d'Élisabeth II, la plus belle femme du monde à ses yeux ; encore fallait-il que sa carrière fût exempte de tout reproche.

— Accepteriez-vous mon aide, superintendant ?

— Je n'osais pas la solliciter, Higgins.

— Vous fûtes pourtant fort éloquent ; je vous attends.

Higgins prépara une petite valise contenant vêtements et objets de toilette pour une brève enquête, sans oublier un tube d'*infuenzinum* indispensable pour lutter contre les miasmes londoniens et un flacon de teinture-mère d'*Arnica Rhuta Rhustoxicodendron* qui soulagerait ses douleurs aux genoux.

— Abandonneriez-vous votre chat ? s'enquit Mary.

— Une urgence ; Trafalgar est entre de bonnes mains.

— S'agirait-il d'un compliment ?

— La reconnaissance d'un félin est le plus beau des hommages.

— Prenez garde à vous ; la ville est un lieu de perdition.

CHAPITRE III

Un domestique en livrée ouvrit la porte monumentale de l'hôtel particulier de Sir Balfour Pregforth. Juste assez raide, poliment indifférent, il guida Higgins et Marlow jusqu'au bureau de la victime.

— Ces messieurs désirent-ils un sherry ?

— Vous pouvez nous laisser, dit Marlow, tandis que Higgins commençait à explorer la vaste pièce où régnait une atmosphère studieuse.

L'ex-inspecteur-chef s'attarda longuement devant les hautes bibliothèques en acajou, en sortit plusieurs classeurs en cuir contenant des timbres rares qu'il admira à loisir.

— Le légiste examine le corps, précisa Marlow ; il nous livrera bientôt ses conclusions.

— Où se trouvait exactement la victime ?

— Près de la fenêtre.

Higgins examina les photographies que lui présentait Marlow, puis se plaça de part et d'autre de ladite fenêtre, lui tourna le dos, la regarda sous divers angles.

— D'après la position du cadavre, estima Scott Marlow, Sir Balfour a tenté de s'enfuir, mais l'assassin l'a rattrapé avant qu'il ne parvienne à ouvrir la fenêtre et à sauter dans le jardin.

— Excellente analyse, superintendant.

Higgins sortit de sa poche un carnet noir et un crayon finement taillé. Il dessina un plan du lieu du crime, avec un maximum de détails.

— Croyez-vous que Sir Balfour a été attaqué par surprise ?

Peu probable, superintendant ; j'envisage plutôt un entretien qui aurait mal tourné.

— En ce cas, le coupable sera facile à identifier ; il nous suffit d'interroger le majordome.

Convoqué, ce dernier ne se départit pas de son attitude réservée et vaguement dédaigneuse, héritée de plusieurs générations de domestiques.

— Le soir du crime, quelles personnes a reçues Sir Balfour ?

— Je l'ignore.

— Comment ?

— Je vous le répète, superintendant : je l'ignore.

— C'est bien vous qui avez découvert le corps ?

— Au petit matin à six heures, en reprenant mon service. La lumière brillant dans le bureau m'a intrigué.

— Où vous trouviez-vous la veille ?

— Sir Balfour a donné congé à tout le personnel à dix-huit heures.

— Une habitude ?

— Un événement tout à fait exceptionnel.

— Lady Almina, son épouse, était-elle présente ?

— Non, superintendant. Le chauffeur l'avait conduite à l'opéra.

— Merci de votre coopération.

Le majordome cassa le buste, et se retira.

Marlow se gratta le crâne. Lourd, épais, le teint plutôt rougeaud, toujours mal fagoté, le superintendant était un adepte de la police scientifique et des méthodes rationnelles. Bien que les démarches intuitives d'Higgins lui parussent parfois osées et ses façons de procéder très archaïques, il reconnaissait leur valeur en certaines circonstances.

— Sir Balfour a donc voulu rester seul, refusant toute présence, même celle de sa femme.

— Pourquoi cette étrange attitude, Higgins ?

— Il désirait préserver un secret.

— Au péril de sa vie ?

— Un homme aussi célèbre, dont l'existence fut une longue suite de succès et d'honneurs, n'avait probablement pas le goût du suicide.

— Donc, il ne croyait pas que son assassin irait jusqu'au bout.

— Imprudence fatale, en effet.

Une hypothèse traversa l'esprit de Marlow.

— Connaissiez-vous Sir Balfour, Higgins ?

— Pas de manière approfondie, mais j'ai lu des articles le concernant. On le présentait comme un personnage intraitable, dur en affaires, sûr de lui-même et de sa chance. Un parfait directeur des postes britanniques et l'un des plus grands philatélistes mondiaux. Intelligence supérieure, âpreté au gain, capacité de décision en faisaient un spécialiste redoutable et redouté.

— Nous pouvons exclure un crime de rôdeur.

— Le hasard n'a joué aucun rôle dans cette tragédie, jugea Higgins, mais notre tâche s'annonce pourtant très difficile.

— Pourquoi ce pessimisme ?

— Un simple pressentiment.

— Nous avons l'arme du crime, Higgins.

À l'intérieur d'un sac en plastique, un coquillage au bord tranchant, encore imprégné de sang.

— Il s'agit bien du sang de la victime, précisa Marlow ; l'assassin lui a tranché la gorge puis a abandonné ce curieux objet sur la poitrine du défunt.

— Une signature, estima l'ex-inspecteur-chef.

— De quel ordre ?

— Vous allez comprendre, mon cher Marlow.

Higgins entama une brève exploration dans la bibliothèque, où le philatéliste avait classé ses collections de façon rigoureuse. Aussi l'homme du Yard trouva-t-il sans peine ce qu'il cherchait.

— Regardez, superintendant.

Marlow observa une vignette carrée d'une franche laideur, comportant deux lettres, U et G, le chiffre vingt-cinq, des tirets pour découper selon le pointillé, et une signature illisible en guise d'oblitération.

— U et G nous indiquent la provenance, expliqua Higgins : l'Ouganda. Il s'agit d'un timbre officiel, émis en 1895. Le préposé s'est contenté d'apposer son paraphe pour le valider, car il ne disposait pas de machine. Il ne subsiste que douze exemplaires de cette fameuse vignette d'Ouganda, convoitée par tous les collectionneurs.

— Et le chiffre ?

— La valeur première :vingt-cinq *cowries.*

— *Cowries...* des coquillages ?

— Exactement, mon cher Marlow. À l'époque, c'était une monnaie courante en Afrique, avant qu'elle ne fût envahie par les billets de banque. Lorsque vous m'avez montré l'arme du crime, j'ai immédiatement songé à ce timbre rare.

— Un crime de philatéliste, par conséquent.

— En tout cas, de quelqu'un qui connaît bien le monde des timbres.

Higgins se pencha sur le bureau, où rien n'avait été déplacé.

— Au moment où l'assassin est entré dans cette pièce, Sir Balfour admirait sa fabuleuse collection de *Black Penny*. Il a eu le temps de refermer son album.

Scott Marlow jeta un œil ému au profil de la reine Victoria, qui conférait à ces miniatures une belle noblesse.

— Un vol ?

— Rien ne paraît manquer, constata Higgins, rien n'a été dérangé. Il ne faut peut-être pas exclure cette hypothèse, car...

Une effroyable pétarade couvrit la voix de l'ex-inspecteur-chef.

CHAPITRE IV

Higgins identifia aussitôt l'origine du bruit : il ne pouvait s'agir que de la moto de Babkocks, un engin de guerre qu'il avait ramené d'El-Alamein et qu'il réparait lui-même. Sosie de Winston Churchill, la plupart du temps bougon et mal embouché, Babkocks était le meilleur médecin légiste du Royaume-Uni. Ses méthodes de travail n'appartenaient qu'à lui, et personne ne franchissait les portes de son laboratoire, où il se faisait un point d'honneur à restaurer les cadavres qu'on lui confiait, après avoir dévoilé leurs mystères. Éternellement vêtu d'une veste d'aviateur en cuir de la Royal Air Force, les poches bourrées de déchets de tabac exotique, il fumait d'énormes cigares répandant des senteurs nauséabondes et buvait un whisky irlandais de contrebande.

Lorsque le moteur de la moto consentit enfin à s'arrêter, Babkocks grimpa quatre à quatre les marches du perron, ignora le majordome et monta au premier étage.

— Ce vieil Higgins ! De retour sur les lieux du crime ?

— C'est ma première visite dans ce bureau, rectifia l'interpellé.

— Drôle de mort. Ton Balfour a été proprement égorgé, avec force et précision. Un coup de maître, pas facile à exécuter. Le coquillage est tranchant, d'accord, mais il faut savoir le manier !

— Homme ou femme ?

— Impossible à dire. L'assassin a dû s'exercer avec assiduité pour parvenir à un tel résultat ; ce crime a été bien préparé, crois-moi !

Babkocks ralluma son cigare éteint. Une fumée âcre contraignit Marlow à ouvrir la fenêtre du bureau.

— Un beau cadavre, continua le légiste ; votre philatéliste, malgré son âge, était en excellente santé. Cœur de jeune homme et poumons sains. En revanche, l'examen de son chyle m'a étonné.

— Soyez plus clair, pria Scott Marlow.

— Le chyle est un liquide résultant du mélange des aliments et des sucs digestifs ; il a un aspect laiteux et nourrit les vaisseaux lymphatiques. Celui de Sir Balfour était, en quelque sorte, vicié par un excès de bile. Cet homme-là était très soucieux et devait souffrir de sévères troubles gastriques. Il se savait probablement en danger.

— Toujours aussi remarquable, mon cher Babkocks.

— La routine, Higgins. J'ai plus de mal avec un brûlé que les compagnies d'assurance soupçonnent de suicide. Bon, j'y retourne ; je ne dirais pas qu'il est sur le feu, mais c'est tout comme.

Bien qu'il déplorât l'humour désastreux de Babkocks, Marlow devait admettre qu'il faisait parler un cadavre comme personne. Ses analyses ne laissaient rien dans l'ombre.

La moto d'El-Alamein pétarada, et le bruit infernal s'éloigna rapidement.

— Pourquoi l'épouse de Sir Balfour ne se manifeste-t-elle pas ? s'étonna Higgins.

— Cette tragédie l'a profondément choquée ; son médecin lui a administré de puissants sédatifs. Nous la verrons dès que possible.

— Son témoignage sera essentiel ; elle a peut-être eu connaissance de menaces adressées à son mari.

— Sir Balfour avait de nombreuses relations, déplora Marlow ; comment trouver une piste sérieuse ?

— Les philatélistes aussi riches et aussi compétents que lui ne doivent pas être très nombreux.

L'espoir renaissait.

— Je téléphone immédiatement au Yard ; l'ordinateur nous fournira les noms.

Pendant que son collègue passait à l'acte, Higgins examina le bureau pouce par pouce. Le tiroir de gauche s'ouvrait aisément ; en revanche, celui de droite était fermé à clé. Cette dernière ne fut pas difficile à découvrir ; elle se trouvait dans un pot à tabac du dix-septième siècle où le défunt avait enfourné crayons et stylos.

Higgins ouvrit le tiroir ; il ne contenait qu'une planche de timbres rayée d'un trait de stylo et un agenda en cuir. L'ex-inspecteur-chef le consulta, et s'aperçut que le philatéliste s'adonnait à de brillantes et nombreuses mondanités.

Le jour de sa mort, cependant, était tout à fait différent de tous les autres.

Marlow raccrocha, dépité.

— Nous n'avançons pas, Higgins ; l'ordinateur a été très rapide, mais sa liste de noms est inutilisable. Il n'existait que deux collectionneurs de la taille de Sir Balfour ; ils sont décédés l'année dernière. Il reste bien une personne vivante, mais elle est forcément hors de cause.

— Vous voulez parler de Sa Majesté, je suppose ? Elle connaissait bien la victime.

— Mais enfin, Higgins !

— Voici un document digne d'intérêt : il révèle l'emploi du temps du défunt le jour même de l'assassinat.

L'ex-inspecteur-chef recopia sur son carnet noir les précieuses informations :

7 h 30	: Voir lady Almina.
9 h	: Lewis Arrow, expert (!)
10 h 30	: John Babwin.
12 h 15	: Déjeuner au Ritz, Tellus.
14 h 30	: Foreign Office, Norman Reed.
16 h	: Samantha Witchcroft, *diabolicum perseverare.*
17 h	: L.B., Jameson Street.
19 h	: Dorothy Farin, parler de la nuque ; chez moi.

— Tout n'est pas clair, jugea Marlow, perplexe.

— À nous de déchiffrer ; l'assassin est l'une de ces personnes.

— Pourquoi cette certitude ?

— Feuilletez cet agenda, mon cher Marlow ; aucune autre page n'est rédigée de cette manière-là. Je suis persuadé que Sir Balfour connaissait le jour et l'heure de sa mort. Avant ce rendez-vous fatal, il a déployé une activité tout à fait anormale par rapport à ses habitudes. Il se déplaçait assez peu, et jamais pour aller voir ces personnes-là, à l'exception de Dorothy Farin qui est mentionnée chaque semaine, le vendredi.

— Aurait-il tenté d'identifier lui-même son assassin ?

— Exactement, mon cher Marlow. Peut-être même l'aura-t-il défié.

— Pour quelle raison aurait-il agi ainsi ?

— Je l'ignore.

La porte du bureau s'ouvrit.

— Désiriez-vous me voir ? demanda lady Almina.

CHAPITRE V

Lady Almina Pregforth était la classe et l'élégance incarnées. À soixante ans, elle aurait éclipsé sans peine une armée de starlettes que la seule jeunesse ne pouvait rendre plus séduisante que cette aristocrate vêtue d'une simple robe grenat, à la coupe parfaite, agrémentée d'un clip en or en forme d'oiseau-lyre. Blonde vénitienne, très fine, élancée, le visage aussi parfait qu'une Vierge de Fra Angelico, elle s'exprimait d'une voix douce et chantante.

— Pourriez-vous nous accorder un entretien ? sollicita Higgins.

— Pas dans ce bureau ; à qui ai-je l'honneur ?

— Inspecteur Higgins et superintendant Marlow.

Les deux hommes suivirent lady Almina dans le grand salon dont les baies donnaient sur un jardin. Avec une grâce contrôlée, elle s'assit sur un sofa, lointaine, inaccessible.

— Mon mari est mort, messieurs ; que dire de plus ?

— Sir Balfour a été assassiné, rappela Higgins ; si vous désirez qu'il repose en paix, nous devons identifier son assassin.

— Bien sûr... faites votre devoir.
— Votre mari avait-il reçu des menaces ?
Lady Almina hésita longtemps avant de répondre.
— Je l'ignore, mais... depuis quelque temps, il avait changé.
— Combien de temps ?
— Trois, quatre mois, peut-être davantage... c'est difficile à préciser.
— Qu'avez-vous noté ?
— Une modification de son comportement. Lui, d'ordinaire si calme et si sûr de sa force, est devenu de plus en plus nerveux. Ces derniers jours, un rien l'irritait ; il a même sévèrement tancé notre majordome pour une faute qu'il n'avait pas commise.
— Aurait-il eu de graves soucis ?
— Comment le saurais-je ?
— Ne vous faisait-il aucune confidence ?
— Pas dans le domaine des affaires.
— Ne vous intéressiez-vous pas à la philatélie ?
— J'en ai trop entendu parler depuis quarante ans ! C'est une passion dévorante qui absorbe l'être entier et ne lui laisse guère le temps de regarder autre chose que de petits carrés de papier d'une valeur, paraît-il, inestimable.
— Vous semblez amère.
Le regard de lady Almina n'exprima aucune agressivité. Il s'attarda sur la veste sombre de Higgins, issue de chez Stovel et Mason, sur son pantalon flanelle anthracite de chez Trouser's, dans Regent Street, et sur son nœud papillon à petits pois rouges. L'ex-inspecteur-chef passa bien cet examen, car la veuve de Sir Balfour accepta de poursuivre l'entretien, bien que le négligé de Scott Marlow l'indisposât quelque peu.

— Les heures perdues ne se rattrapent pas, inspecteur ; pardon de cette banalité, mais elle n'en est pas une pour qui la subit.

— Vous connaissez, bien entendu, l'immense valeur des collections de Sir Balfour.

— Certes.

— Un vol pourrait être le mobile du crime.

— Incident fort rare, sinon inexistant, dans le monde des grands collectionneurs.

— Connaissez-vous un dénommé Lewis Arrow ?

— Non.

— Et John Babwin ?

— Pas davantage.

— Le nom de Tellus vous est-il plus familier ?

— Certes. Walter Tellus est un philatéliste suisse, l'adversaire le plus acharné de mon mari. Naguère, leurs empoignades furent redoutables.

— Ont-il fait la paix ?

— Impossible ; ils se haïssent pour l'éternité.

— J'ai d'autres noms à vous soumettre.

Lady Almina ne connaissait ni Norman Reed, ni Samantha Witchcroft ; elle n'avait aucune idée sur l'identité de L.B. résidant dans Jameson Street, mais le nom de Dorothy Farin la fit sourire.

— Il s'agit de la masseuse qui soigne mon mari depuis deux ans, une fois par semaine, ici même.

— Le vendredi, si je ne m'abuse ?

— C'est son jour, en effet.

— Le jour de la mort de Sir Balfour, mercredi dernier, n'est-elle pas venue à dix-neuf heures ?

— Je l'ignore, inspecteur ; mon chauffeur m'a conduite à Covent Garden où l'on donnait *Cosi fan tutte* de Mozart.

— Une œuvre sublime, si mal comprise des critiques musicaux, et trahie par bien des chanteurs qui la considèrent comme une comédie.

— Seriez-vous un mozartien averti, inspecteur ?

— Simple amateur, madame ; votre mari avait-il l'habitude de se rendre à de nombreux rendez-vous dans une même journée ?

— Jamais, inspecteur.

— Pourtant, pas moins de sept le jour même de sa mort.

Lady Almina demeura très calme.

— Très étonnant, je vous le concède.

— Le huitième, qui fut aussi le premier, est assez surprenant.

— Qui était l'intéressé ?

— Vous-même.

— Je comprends mal.

— L'agenda de Sir Balfour portait cette étrange mention :« *7 h 30. Voir lady Almina.* »

— L'heure matinale vous surprendrait-elle ?

— C'est la précision « Voir lady Almina » qui m'étonne ; un mari a-t-il besoin de fixer un rendez-vous à son épouse ?

— Un mari ordinaire, non ; un philatéliste, oui.

— Vous êtes trop perspicace, lady Almina, pour ne pas comprendre ce que sous-entend ma question.

Cette fois, l'aristocrate ne tergiversa pas.

— Ce fut une violente dispute, inspecteur. J'avais exigé un entretien sérieux, et mon mari ne m'a réservé qu'une colère sèche, me reprochant de l'importuner et de lui faire perdre son temps. Depuis plus d'une semaine, nous n'avions pas échangé un mot. Je n'ai pas eu droit à la réplique.

— Vous disputiez-vous souvent ?

— Ce n'était pas dans nos habitudes.

— Pardonnez mon indiscrétion, lady Almina, mais formiez-vous ce qu'il est convenu d'appeler un « bon couple » ?

— Non, inspecteur. Entre nous, la tendresse était morte depuis longtemps, mais nous avions le sens des convenances. Jusqu'au matin de sa mort, où les nerfs de mon mari ont pris le pas sur son éducation.

— Soyez remerciée pour votre franchise.

Le beau regard de l'aristocrate se troubla.

— Sa colère m'a si profondément choquée que je n'ai pas retenu tous ses arguments, mais l'un d'eux m'a frappée :« Ne penses-tu pas, hurlait-il, que j'ai assez de soucis avec ce missionnaire ? »

CHAPITRE VI

La vieille Bentley toussa un peu, mais accepta de démarrer. Achetée d'occasion à un revendeur douteux, la voiture de Marlow n'appréciait guère la pollution de la ville et préférait l'air de la campagne. Sachant qu'il lui réservait une dure journée, le superintendant ménagea ses accélérations.

— L'expert Lewis Arrow habite au 109 de Cheyne Street ; le Yard recherche les adresses de John Babwin, de Samantha Witchcroft et tente d'identifier L.B., dans Jameson Street.

— Et pour Dorothy Farin ?

— Le majordome m'a donné ses coordonnées. Si Tellus est encore à Londres, il doit résider dans un grand hôtel ; les investigations sont en cours.

— Nous passerons au Ritz, à tout hasard ; il y déjeune peut-être.

— Il nous manque un missionnaire, Higgins.

— John Babwin, ou L.B.

— Pourquoi pas Samantha Witchcroft ? La mention *diabolicum perseverare* signifie bien « il est diabolique de persévérer ».

— Hypothèse hardie, mais intéressante. Vous

m'avez paru impressionné, voire ému, mon cher Marlow, en contemplant le *Black Penny* ; seriez-vous collectionneur ?

Le superintendant rosit légèrement.

— C'est à cause de la reine Victoria, avoua-t-il. Son effigie a figuré sur des millions de timbres, qu'ils fussent anglais ou étrangers. Les îles lointaines, les pays bizarres, les continents perdus, rien n'échappait à l'Empire.

De fait, le juvénile profil d'une jolie jeune fille de seize ans avait fait le tour du monde grâce au timbre-poste ; Gambie, Île Maurice, Inde, Nigéria, Chypre, Ceylan, Nouvelle Zélande avaient communié dans le culte philatélique de Victoria ; non content de valoir pence, shillings ou livres sterling, le portrait de la grande souveraine s'était aussi négocié en monnaies exotiques, telles que les roupies ou les ananas. Une bonne moitié des terres émergées de la planète : tel avait été l'immense domaine du timbre victorien, dont la naissance avait d'ailleurs été marquée par un acte d'héroïsme trop peu connu, la reine ayant décidé d'affranchir son courrier, sans jouir d'aucun privilège.

— Par bonheur, continua Marlow, la tradition ne s'est pas tout à fait perdue, puisque Sa Majesté continue à régner sur nos émissions de timbres.

Contrairement à Victoria, fidèle au profil de médaille gravé par William Wyon, Élisabeth II se montrait sous les aspects les plus divers, austère, solennelle, portant un diadème, tête nue, en médaillon, en photo souriante, mais toujours avec le sens aigu de sa fonction. Hélas ! il fallait revenir à une réalité plus sordide.

— Et s'il s'agissait d'un drame passionnel ? avança

le superintendant. Lady Almina nous a avoué une mésentente profonde avec son mari. Les remontrances qu'elle a subies auraient pu déclencher une fureur meurtrière.

— À l'heure du crime, elle se trouvait à l'opéra.

— Dans son rapport, Babkocks a indiqué : « entre vingt heures et vingt-deux heures ».

— D'après le *Times*, les représentations de *Cosi fan tutte* débutent à dix-neuf heures quinze ; même si le chef a dirigé avec rapidité, et en tenant compte de l'entracte, lady Almina ne pouvait être de retour chez elle dans la période fatale.

— Pourtant, je la soupçonne.

— Pour quelle raison ?

— Logique statistique. Dans ce type de crime, la conjointe est coupable à quatre-vingts pour cent.

— Mobile ?

— Avec le même taux, une maîtresse.

Higgins reprit la liste.

— Samantha Witchcroft, avec laquelle il eût été diabolique de persévérer ?

— Pourquoi pas ? Et n'éliminons pas L.B., qui pourrait être une femme !

— Vous excluriez Dorothy Farin ?

— A priori, oui. Je vois mal un aristocrate de la stature de Sir Balfour se compromettre avec une masseuse.

— Au contraire, mon cher Marlow ; une folle passion a pu naître au contact d'une main caressante. Nombre de nos grands hommes se sont compromis avec « des créatures de rang inférieur », comme le dit l'*establishment* ; les plus discrets ont échappé à la presse, les imprudents ont sombré dans la déchéance à la suite du scandale.

— Et si lady Almina avait voulu punir son mari de s'être vautré dans la luxure et de déshonorer ainsi son nom ? En le tuant, elle empêchait la situation de dégénérer.

— Étant donné son caractère, ce n'est pas impossible ; de plus, ce type de meurtre a été parfaitement répertorié par M.B. Masters dans son *Manuel de criminologie*, tome II, chapitre 18.

Marlow se sentit ragaillardi. Cette affaire serait peut-être beaucoup plus simple qu'il n'y paraissait.

— Un détail me gêne, avoua Higgins.

— Lequel ?

— Je suis persuadé qu'il s'agit d'un crime de philatéliste averti, et lady Almina n'éprouve guère de goût pour les timbres.

— Son aversion ne l'empêche pas de connaître parfaitement la discipline.

Higgins opina du chef ; l'argumentation de Marlow ne manquait pas de poids.

Quelque peu enrouée, la vieille Bentley s'aventura dans Cheyne Street, une petite rue tranquille, bordée de petites maisons en brique à deux étages. Le quartier était coquet, des fleurs ornaient le rebord des fenêtres.

La Bentley stoppa devant le numéro 109, que rien ne différenciait de ses voisins : même perron blanc, même porte peinte en noir, même heurtoir en cuivre doré. Rien, sauf un détail insolite : à dix heures du matin, trois bouteilles de lait se trouvaient encore sur le seuil.

— Anormal, jugea Marlow ; ou bien Arrow est absent, ou bien il dort encore.

— Ce sont les deux solutions les plus favorables, estima Higgins.

— À quoi pensez-vous...

— Sonnez, superintendant.

Personne ne répondit.

Higgins sortit de sa poche un curieux instrument qui ne ressemblait à rien de connu, héritage d'un perceur de coffres-forts accusé à tort lors d'une affaire criminelle, et que l'ex-inspecteur-chef avait innocenté. Avant que Marlow protestât, la porte était ouverte.

CHAPITRE VII

— Mais enfin, Higgins ! C'est tout à fait illégal.

— D'une part, mon cher Marlow, nous devons porter secours à quelqu'un qui n'a pas rentré son lait frais ; d'autre part, nous n'avons procédé à aucune effraction, puisque nous avons sonné. Cette porte ne s'est-elle pas ouverte d'elle-même ?

Déplorant les méthodes de l'ex-inspecteur-chef, parfois à la limite de l'anarchie, Marlow consentit à voler au secours de Lewis Arrow.

L'intérieur était aussi banal que possible, propre et sans âme. Au premier coup d'œil, Higgins nota l'absence d'une femme. Pas une touche de goût, pas une once de sensibilité ou de raffinement, pas une nuance envoûtante. Des meubles ennuyeux, un tapis banal, des peintures endormantes. Et, sur un canapé de grand magasin reproduit à des milliers d'exemplaires, un homme sans âge, gris, terne, au visage dépourvu de toute originalité, dormant à poings fermés et serrant sur son cœur une bouteille de médiocre whisky.

— Il est vivant, constata Marlow avec soulagement.

— Comment le décririez-vous ? demanda Higgins.

— Taille moyenne, front moyen, yeux gris, visage

ordinaire... impossible à singulariser ! Il doit se noyer dans une foule avec un art parfait.

— Un chef-d'œuvre dans son genre ; quel atout, pour passer inaperçu !

— Je sais à quoi vous pensez : ou bien il a pu s'introduire chez Sir Balfour sans être remarqué, ou bien il a pris l'identité de quelqu'un d'autre.

— Vous me devancez, mon cher Marlow. Vu l'état du personnage, il serait charitable de lui préparer un café très fort.

Ainsi fut fait. Malgré la médiocrité des produits, son fumet toucha les narines du dormeur qui s'éveilla lentement.

— Qui... qui êtes-vous ?

— Superintendant Marlow et inspecteur Higgins.

— Scotland Yard... mais pourquoi ?

— Nous enquêtons sur l'assassinat de Sir Balfour Pregforth.

Lewis Arrow se redressa, stupéfait et tout à fait éveillé.

— Vous plaisantez ?

— Quand l'avez-vous vu pour la dernière fois ? demanda Marlow, incisif.

— Mercredi dernier, à neuf heures, ici même.

— Excellente mémoire.

— Un événement comme celui-là, on s'en souvient ! Sir Balfour était un très grand personnage ; il ne se déplaçait pas beaucoup. Alors, sa visite, dans cette modeste demeure...

— La raison de cette étonnante démarche ? interrogea Higgins.

— La raison... je ne sais pas.

— Vous moqueriez-vous de nous ? intervint Scott Marlow, irrité.

— Non, bien sûr que non !

Nerveux, Lewis Arrow avala une gorgée de café brûlant.

— Une simple visite de courtoisie, expliqua-t-il. Il m'a félicité pour mes derniers travaux.

— Vous êtes expert en philatélie, n'est-ce pas ?

Le regard terne de l'interpellé s'anima.

— J'ai cet honneur, en effet ; le secrétaire particulier de Sa Majesté sollicite parfois mes conseils pour l'acquisition d'un timbre rare destiné à la collection de la reine.

La voix de l'homme gris s'enflamma.

— Le timbre, inspecteur, est le chef-d'œuvre absolu de la civilisation ! Avant lui, l'obscurantisme ; après lui, le rayonnement de l'intelligence, de la culture et de l'art ! Le timbre est une cathédrale de papier, la façade de l'avenir qui se profile à l'horizon du progrès. Sans lui, nous serions aveugles et muets.

— Connaissez-vous bien Sir Balfour ?

— Non... j'étais un auditeur assidu de ses remarquables conférences et un lecteur de ses magnifiques articles, paraissant dans des revues spécialisées. Il était le maître absolu de la philatélie mondiale, l'empereur du timbre ! Sa présence, ici, cautionnait de longues et difficiles années de pratique.

— Le nom de ces personnes vous est-il familier ?

Higgins soumit à l'expert la liste des rendez-vous de Sir Balfour, le jour de l'assassinat.

— Je ne connais que trois de ces personnes : lady Almina, que j'ai saluée lors de certains cocktails, mais qui ignore mon nom et mon existence, car je ne lui fus pas officiellement présenté ; John Babwin, l'éditeur de catalogues de timbres ; Walter Tellus, collectionneur de timbres et milliardaire suisse, dont la réputation est controversée dans le milieu philatélique. Je ne l'ai jamais rencontré.

— Et Babwin ?

— Je ne l'aime pas beaucoup ; c'est un bon professionnel, mais il ne songe qu'à l'argent. Son enfance malheureuse a engendré chez lui un sentiment perpétuel de manque. Plus il possède, plus il veut posséder ; une sorte de boulimie sans limites.

— Son adresse ?

— Un instant...

Lewis Arrow fouilla dans un tiroir et en sortit un catalogue en couleurs.

— Voici ses publications. Son bureau se trouve dans Fleet Street, au quatrième étage de l'immeuble moderne, achevé l'année dernière.

— La mort brutale de Sir Balfour vous surprend-elle ?

— Je suis abasourdi, inspecteur ! Il n'attirait que le respect et l'admiration.

— Aucun soupçon sur un éventuel assassin, par conséquent.

— Aucun !

— Sur quelle affaire travaillez-vous, M. Arrow ?

L'œil de l'expert s'illumina de nouveau.

— Vous vous intéressez aux timbres, inspecteur ?

— Pourquoi pas ?

— Je vais vous montrer.

Fiévreux, Lewis Arrow sortit d'un dossier un timbre bleu foncé, d'une valeur de trois pence, à l'effigie d'un mâle soldat au profil typiquement britannique.

— Savez-vous de qui il s'agit ?

— Éclairez-nous, pria Higgins.

L'expert déclama, à la manière d'un acteur désireux de mettre une salle entière sous sa coupe.

— De l'illustre Baden-Powell en personne ! Ce timbre date de 1900, inspecteur, et il porte le nom de Mafeking, une petite ville à la frontière du Cap, qui subit un siège terrible pendant la guerre des Boers, ces fermiers d'Afrique du Sud hostiles à la présence anglaise. Baden-Powell, alors colonel, commandait une troupe d'éclaireurs, les scouts, chargés de s'aventurer en territoire ennemi et d'en rapporter des informations. Pendant deux cent dix-sept jours de siège, il fallut bien acheminer du courrier ! On procéda à une émission provisoire à trois pence, destinée à l'extérieur, avec l'effigie de cet officier courageux entre tous.

— Un timbre rare, dit Higgins en se penchant sur la précieuse relique.

— En raison de sa qualité, cette pièce-là est unique ! Sa Majesté pourra l'acheter en toute sérénité et augmenter la valeur de sa prestigieuse collection.

L'évocation de ces exploits avait émoustillé le sens patriotique de Scott Marlow, bien que l'interrogatoire n'ait apporté aucun éclaircissement sur le meurtre.

— Si un détail vous revenait en mémoire, dit-il à l'expert, n'hésitez pas à contacter le Yard.

— Bien entendu.

— À propos, que faisiez-vous, mercredi soir ?

— J'étais chez moi et j'étudiais précisément ce Mafeking.

— Nous nous reverrons sans doute, M. Arrow.

CHAPITRE VIII

Fleet Street, la rue de la presse, était encombrée de camions et de camionnettes assurant le transport des journaux vers les points de vente. On s'apostrophait, on se bousculait, on s'adonnait à une bruyante farandole qui fit regretter à Higgins la paix et le calme de son village. Lorsque les premiers imprimeurs s'étaient installés là, au seizième siècle, ils ne se doutaient pas que la Fleet, un charmant petit cours d'eau, deviendrait un égout souterrain.

Marlow gara sa Bentley près du Temple Bar, auguste monument orné des statues de Victoria et du futur Édouard VII, et surmonté d'un dragon, symbole du Londres antique. Un policier en uniforme exigea le départ immédiat de la voiture, et le superintendant dut parlementer un certain temps pour éviter une contravention.

L'immeuble moderne où étaient sis les sièges sociaux de plusieurs magazines était aussi laid et froid qu'un immeuble moderne peut l'être. Le béton y régnait en maître absolu. Au quatrième étage, une réceptionniste avenante indiqua aux deux visiteurs que John Babwin était en réunion et ne recevait pas sans rendez-vous. La mention de « Scotland Yard » modifia la situation ; une dizaine de minutes plus tard, Higgins et Marlow furent introduits dans un vaste bureau, aussi moderne que l'immeuble, où trônait un homme d'une cinquantaine d'années, petit, rondouillard, une tête lunaire couronnée de cheveux noirs et plaqués sur le crâne, les doigts potelés, un costume croisé couleur feuilles d'automne, trop grand pour lui. « Aucun rapport avec un missionnaire », pensa le superintendant.

John Babwin, dynamique et chaleureux, salua les visiteurs.

— Entrez, messieurs, et asseyez-vous. Café, thé, whisky ou autre chose ?

— Quelques renseignements nous suffiront, répondit Higgins.

Le bel enthousiasme de John Babwin retomba un peu.

— Ah ! Comme vous voudrez. Que puis-je pour vous ?

— Connaissiez-vous Sir Balfour Pregforth ?

— Dans ma branche, qui ne le connaît pas !

— Je veux dire : personnellement.

— Trop haut personnage pour moi ! Je viens du peuple, lui de l'aristocratie. *Upper Class* et *Lower Class*[1] ne se mélangent pas plus aujourd'hui qu'hier.

— N'est-ce pas excessif ?

— Pas du tout. Moi, je m'en fiche ! Je publie le meilleur catalogue du pays et le plus respecté, la vraie Bible du philatéliste. Quand John Babwin fixe un prix, personne ne conteste ! On connaît la vraie valeur du timbre et on s'y tient.

1. Classe supérieure et classe inférieure.

— Pardonnez-moi d'insister : n'avez-vous pas récemment discuté avec Sir Balfour ?

Les yeux noirs de l'éditeur se firent inquisiteurs.

— Vous, vous savez quelque chose.

— C'est notre métier, précisa Marlow.

Babwin, nerveux, déchira des enveloppes et jeta les morceaux dans une corbeille à papier.

— Suis-je obligé de vous répondre ?

— Nous menons une enquête criminelle.

— Criminelle ?

— Sir Balfour a été assassiné mercredi dernier.

— Mercredi dernier, répéta l'éditeur.

— L'évocation de ce jour ne réveille-t-elle pas votre mémoire ? demanda Higgins.

— Plus ou moins... j'ai eu beaucoup de rendez-vous, comme d'habitude. Moi, inspecteur, je travaille seize heures par jour et je ne prends pas de vacances ! Vous n'imaginez pas ce qu'implique la gestion d'une publication comme la mienne. Toujours au four et au moulin...

— Ne jouez pas trop avec notre patience, recommanda l'ex-inspecteur-chef.

— Bon, bon... j'ai vu Sir Balfour mercredi dernier.

— À quelle heure ?

— Dix heures trente.

— De quoi avez-vous parlé ?

— De banalités.

— Réponse invraisemblable, jugea Higgins. Voilà un aristocrate qui se déplaçait fort peu, encore moins pour converser avec un homme n'appartenant pas à sa classe sociale, et il aurait adopté ce comportement insolite... pour des banalités.

— Étonnant, je le reconnais, mais ce fut pourtant

ainsi. J'étais moi-même très surpris ; il m'a donné son avis sur quelques timbres rares, je l'ai écouté et j'ai approuvé ses positions, toujours dûment justifiées. Je ne peux rien vous dire de plus.

— Avez-vous eu l'occasion de dialoguer avec son épouse ?

— Jamais.

— Le nom de Walter Tellus doit vous être familier.

— C'est un collectionneur célèbre, un Suisse je crois.

— L'un de vos acheteurs ?

— Par commanditaire interposé, certainement.

— Les initiales L.B. vous seraient-elles familières ?

— Pas du tout.

— Normand Reed, Samantha Witchcroft, Dorothy Farin et Lewis Arrow font-ils partie de vos relations ?

— Les trois premiers, non, mais le quatrième, j'ai eu l'occasion de le croiser. Arrow est un expert en philatélie qui travaille pour quelques aristocrates fortunés et authentifie même des timbres pour la Couronne. Il utilise mes catalogues, comme tout le monde, et devrait me verser des droits d'auteur ! En voilà un qui ne devait guère apprécier Sir Balfour.

Higgins tourna une page de son carnet noir.

— Pourquoi ?

— Ils auraient eu des mots. Une rumeur, rien qu'une rumeur.

— Rien de plus précis ?

— Non.

— Où vous trouviez-vous, mercredi soir ?

— Chez moi.

— Seul ?

— Oui, j'étudiais des dossiers. Ça veut dire quoi, cette question...

— Manquerait-elle de clarté ?

— Vous n'allez quand même pas me soupçonner de quoi que ce soit...

— J'aimerais vous consulter sur un problème technique.

La jovialité de l'éditeur avait disparu ; il était tendu et grinçant.

Higgins posa sur son bureau la planche de timbres barrée d'un trait de stylo rageur qu'il avait découverte dans le tiroir du bureau de Sir Balfour.

— Qu'en pensez-vous, M. Babwin ?

— Qui a fait ça ?

— Votre avis, s'il vous plaît.

— Des timbres sans grande valeur que leur propriétaire avait sans doute décidé de jeter. Ainsi défigurés, ils ne valent plus rien.

— Un collectionneur a-t-il coutume d'agir ainsi ?

— Non, certes non...

— Une explication ?

— Pourquoi en aurais-je une ?

— Nous tâcherons de comprendre, M. Babwin.

CHAPITRE IX

Adossé à la roue arrière gauche de la vieille Bentley, un clochard dépiautait des vieux papiers. Méticuleux, il mettait de côté un petit trésor composé d'enveloppes et de chiffons. Marlow s'apprêtait à le déloger, lorsque Higgins s'interposa.

— Un instant, superintendant.

— Qu'attendez-vous ?

— Regardez-le bien ; ne remarquez-vous rien d'insolite ?

Marlow fut très attentif.

— On dirait qu'il prélève... des timbres !

— Voilà un philathéliste inattendu.

Higgins s'approcha.

— Puis-je vous aider ?

Le clochard, d'un âge avancé, leva un œil soupçonneux.

— Vous ne seriez pas de la police, par hasard ?

— À la retraite.

— C'est déjà ça. Elle est à vous, cette antiquité ? demanda-t-il en regardant la Bentley.

— À mon collègue.

— À la retraite, lui aussi ?

— Non.
— Ça, c'est moins réjouissant. Je suis bon pour un dépouillage et deux jours de prison ?
— Rien ne presse.
— Qu'est-ce que vous me voulez ?
— Votre activité m'intéresse.
— Ben... j'explore les poubelles de Fleet Street.
— Vous faites beaucoup mieux que ça, j'en suis sûr. Si nous en parlions autour d'une bonne bière ?
Abandonnant un Marlow scandalisé à la garde de la Bentley mal garée que venait de repérer un motard, Higgins entraîna le clochard dans un pub où il lui fit servir une pinte de *strong ale* et un *apple pie* fait avec de vraies pommes, de la cannelle, un clou de girofle et de la crème fraîche.
— Elles évoluent drôlement, les méthodes de la police ! Vous avez l'intention de venir souvent, dans le coin ?
— Pendant quelque temps, c'est possible.
— Ne vous privez pas, surtout, j'apprécie beaucoup votre compagnie.
— Fleet Street est votre siège social ?
— J'ai déniché une bonne rue, je n'en bouge plus.
— Quels sont vos clients ?
— Je vends à pas mal de monde.
— Le meilleur, ce sont les timbres ?
Le clochard cessa un instant de manger.
— Vous avez l'œil, vous.
— Comment vous est venue cette idée ?
— Ben, les chiffons et les enveloppes, ça rapporte pas gros... Un jour, j'ai ramassé un timbre, sur une lettre venant de l'étranger. Il a intéressé le type à la face de lune qui travaille dans l'immeuble moderne, là-

bas. Alors, j'ai continué. En plus, il y a les déçus qui n'ont pas réussi à lui vendre leurs collections et qui les jettent dans une poubelle, rageurs. Maintenant, je vends aussi à de petits marchands qui font des pochettes et les négocient auprès des amateurs. Même les boutiquiers viennent me voir. Personne ne veut fouiller dans les détritus ; moi, je n'ai pas peur de me salir les mains.

— Acceptez-vous de me montrer votre dernière cueillette ?

— Parce que c'est vous.

Le clochard sortit de ses poches une boîte de thé en fer blanc dans laquelle il cachait ses trouvailles. Il la renversa sur la table. Des timbres anglais, allemands, français, sans grande valeur.

— J'en obtiendrai bien deux ou trois livres, de quoi manger pendant un moment et boire un peu de bière. Les gens d'aujourd'hui ont trop de besoins.

— « Le type à face de lune », vous l'appréciez ?

— Il s'appelle Baldwin, Balldin ou quelque chose comme ça... non, je ne l'apprécie pas. Ce type n'est pas net. Si la bonne société est comme lui, je préfère rester comme je suis.

— Vous a-t-il joué de mauvais tours ?

— Il me vole au maximum, mais ça je le sais. Moi je suis sûr qu'il cache quelque chose de grave. Enfin, je ne suis pas policier.

— Quand effectuez-vous vos transactions ?

— Tous les trois jours. C'est réglé comme du papier à musique ! Sinon, je serais débordé.

Le clochard avait dégusté son *apple pie* avec une volupté non déguisée.

— Une sorte d'aristocrate ne vous aurait-il pas vendu un ou plusieurs timbres ? demanda Higgins.

Son interlocuteur se concentra sur sa pinte de bière.

— Ah ça, non... vraiment pas. Une histoire comme ça, je m'en souviendrais. Moi, on ne me vend rien ; c'est moi qui négocie. Personne n'a jamais tenté de me vendre quoi que ce soit. Manquerait plus que ça...

— Désolé de vous abandonner si tôt, mais mon collègue et moi-même avons une journée fort chargée.

— La police, c'est pas toujours drôle ; au fond, je ne vous envie pas.

— Je repasserai vous voir.

Scott Marlow, malgré un long débat avec le motard, n'avait pu éviter la contravention. Contrarié, il démarra sur les chapeaux de roue.

— Vous devriez ménager votre voiture, suggéra Higgins ; à son âge, elle ne doit guère apprécier ce genre de soubresauts.

— Ce clochard vous a-t-il au moins appris quelque chose ?

— Rien d'important.

— Où allons-nous, à présent ?

— Avez-vous obtenu le nom de l'hôtel où réside Walter Tellus ?

— Malheureusement non.

Higgins consulta sa montre de gousset.

— Eh bien, allons au Ritz ; nous aurons peut-être la chance de le croiser.

CHAPITRE X

César Ritz avait fondé, dans Piccadilly, un imposant palace dont les mauvaises langues disaient qu'il ressemblait à une gare. Meublé à l'ancienne, avec ses lustres gigantesques, ses fauteuils Louis XVI et sa décoration fort aristocratique, le palace était un haut lieu de la gastronomie de l'après-midi, au moment du *Five o'clock Tea* et des petits gâteaux qui l'accompagnaient.

Higgins demanda à parler au patron.

— M. Walter Tellus réside-t-il chez vous ?

— Ce genre de renseignements...

— Le superintendant Marlow et moi-même menons une enquête criminelle ; nous n'aimerions pas que votre hôtel soit impliqué dans une désastreuse publicité.

— Désastreuse est bien le mot... M. Tellus déjeune dans un salon particulier. Je vais le prévenir moi-même de votre présence.

Le milliardaire suisse accepta de recevoir les deux policiers. Il déjeunait seul, dans un petit salon tendu de velours rose, évoquant les boudoirs Louis XV où les nobles oubliaient les angoisses d'une fin de règne dans les délices de l'amour.

— Vous êtes mes invités, messieurs ! décida Walter Tellus dont les cent quarante kilos traduisaient une obésité triomphante.

Les traits empâtés, la cinquantaine rustique, il s'exprimait avec un fort accent suisse, traînant sur chaque syllabe ; il portait une chemise verte, un gilet jaune et un pantalon rouge.

— J'aime les couleurs, précisa-t-il ; l'existence est si grise aujourd'hui, qu'il faut savoir la rendre gaie. À qui ai-je l'honneur ?

Higgins fit les présentations.

— Un superintendant et un inspecteur, quelle délégation ! Higgins... votre nom ne m'est pas inconnu. N'auriez-vous pas résolu une sombre affaire criminelle qui aurait pu mettre en cause la Couronne ?

— Où vous trouviez-vous mercredi dernier, à cette même heure ? interrogea Marlow, impérieux.

— Ici même. Je loue une maison dans Piccadilly, mais je déjeune toujours ici, par faveur spéciale. J'aime beaucoup cet endroit.

— Étiez-vous seul ?

— Pour une fois, non !

— Le nom de votre invité ?

— Mon ennemi mortel, l'homme que je déteste le plus au monde, Sir Balfour Pregforth !

— Pourquoi cette haine ?

— Parce qu'il m'a ruiné.

Le maître d'hôtel frappa et annonça le menu : soupe de tête de veau, truite royale saumonée, escalope à la chicorée, suprême de volaille en gelée, fraises à la crème, gelée d'oranges, vin d'Alsace et pomerol.

— Cela vous convient-il, messieurs ? Avec de bons produits, on ne risque pas de grossir.

Les couverts disposés, et la soupe servie, Walter Tellus reprit ses explications avec volubilité.

— Voilà dix ans que nous nous affrontons dans toutes les salles de vente du monde ! De profession, je suis chocolatier. J'avais amassé une immense fortune, lorsque la passion s'est emparée de moi. J'ai tout de suite voulu les pièces les plus rares et les plus chères, comme celle-ci.

Walter Tellus sortit de son portefeuille deux minces plaques de verre entre lesquelles reposait un joli timbre, montrant une colombe blanche sur un écusson rouge se détachant sur un fond bleu.

— La colombe de Bâle, messieurs, le plus beau timbre du monde, datant de 1845. Quand j'ai réussi à l'acquérir, Sir Balfour est devenu vert de rage. Il avait peu à peu éliminé ses adversaires, qui se repliaient sur leurs anciennes acquisitions et n'osaient plus l'attaquer de front. Moi, j'étais offensif ! À chaque vente majeure, sur chaque transaction d'envergure, il me trouvait en face de lui. C'est alors que j'ai repris la piste du *One cent* rouge de Guyane.

— Le timbre le plus cher du monde ?

— Exactement, inspecteur ! Un jour, si ce n'est déjà fait, il vaudra plus d'un milliard de livres sterling. Vous vous rendez compte !

— Il n'a rien de superbe, si ma mémoire est bonne.

— Une véritable horreur ! Un bout de papier en forme d'octogone, d'un rouge violacé fort laid, coupé aux quatre angles, et qui plus est, fendu et réparé ! Il porte la devise de la Guyane britannique, *Damus petimusque vicissim*, « Nous donnons et nous réclamons en retour », et la signature d'un préposé afin d'éviter toute falsification.

— Pourquoi vaut-il si cher ? demanda Marlow.

— Parce qu'il s'agit d'un exemplaire unique, superintendant. En Guyane, on fabriquait des *One cent* sur papier bleu, et des *Five cent* sur papier rouge, mais pas de *One cent* rouge ! Du moins, c'est ce qu'on croyait, jusqu'à ce qu'un gamin en déniche un à Georgetown, capitale de la Guyane britannique, en 1873.

Le Suisse s'interrompit quelques instants pour avaler sa truite saumonée et boire un verre de vin d'Alsace.

— Le timbre passa de main en main, et l'on prit peu à peu conscience de son caractère unique, phénomène quasiment invraisemblable en philatélie. Le 6 avril 1922, le milliardaire américain Arthur Hint l'acheta, à l'hôtel Drouot, pour la somme colossale de trois cent mille francs, plus les frais. Il s'en désintéressa, se contenta de le glisser au fond d'un tiroir, jusqu'au jour où un inconnu vint lui proposer un second *One cent* rouge de Guyane ! Savez-vous ce que fit le milliardaire ? D'abord, il entama une transaction, et finit par tomber d'accord avec l'inconnu pour lui acheter un timbre ; ensuite, il alluma un cigare et brûla le trésor qu'il venait d'acquérir pour qu'il ne subsiste qu'un seul *One cent* rouge au monde, le sien. Je ne crois pas une seconde à cette fable. Elle fut montée de toute pièce.

— Pour quelle raison ? demanda Higgins.

— Pour authentifier le *One cent* rouge ! L'existence d'un second timbre prouvait qu'il ne s'agissait pas d'un faux... Or, ce second timbre, personne ne l'a jamais vu, à part l'inconnu dont l'identité reste un mystère, et Arthur Hint, l'ancien propriétaire, qui a certainement menti. Ni inconnu, ni second *One cent* rouge. Ma conviction est faite : le timbre le plus cher du monde est un faux. On a maquillé l'inscription.

— Était-ce l'avis de Sir Balfour ?

— Justement pas ! Il a publié un article retentissant pour garantir l'authenticité de cette pièce unique. Moi, je n'ai pas cessé de contre-attaquer, bien que je ne sois ni un gentleman ni un aristocrate anglais.

— Cette querelle d'érudits suffit-elle à expliquer vos profondes diversions ?

L'escalope à la chicorée était tendre à souhait et le pomerol long en bouche. Scott Marlow ne regretta pas cette escapade au Ritz.

— Non, inspecteur. Il s'est produit un fait beaucoup plus grave.

CHAPITRE XI

— Voici deux ans, poursuivit Walter Tellus, dont l'humeur s'assombrit à l'évocation de souvenirs douloureux, une formidable vente aux enchères eut lieu à Genève. Le clou de la collection était un timbre fort rare d'une colonie britannique. Chacun savait que l'affrontement final aurait lieu entre Sir Balfour et moi-même. La veille du combat, je buvais un verre au bar de mon hôtel, lorsque je surpris une conversation entre l'adjoint du commissaire-priseur et un curieux bonhomme, très nerveux, au visage lunaire, portant un costume trop grand pour lui. Il parlait très vite, et de manière saccadée, mais je perçus l'essentiel de son discours. Ce fameux timbre était un faux, mais Sir Balfour voulait l'acquérir à n'importe quel prix ! Vous imaginez si je fus intrigué. Lors de la vente, les enchères débutèrent à un haut niveau ; je les fis monter très vite, Sir Balfour suivit sans hésitation et prit même la tête. Alors, je compris que le timbre n'était pas un faux, et qu'il avait répandu une rumeur pour me décourager. Je finis par gagner, en échange d'une véritable fortune. Je devenais propriétaire d'une pièce rarissime, qui aurait fait de moi le premier philatéliste du monde... si elle avait été authentique.

— C'était donc bien un faux.

— Un premier petit article suspicieux, un second, un troisième, une dizaine... tous inspirés par Sir Balfour. Je dus soumettre mon timbre à un comité d'experts dont l'avis fut sans appel. J'étais ruiné et ridiculisé. Depuis, je survis.

— Avez-vous vendu vos collections ?

— Oui, mais trop vite et trop mal. Je suis revenu au chocolat, un marché devenu difficile où les concurrents ne manquent pas. Un jour, je referai fortune, et je m'offrirai la tête de ce maudit Sir Balfour.

— Pourquoi l'aviez-vous invité à déjeuner, lui, votre ennemi mortel ?

— Et si c'était lui qui m'avait invité, pour m'humilier davantage ?

— Dites-nous la vérité, M. Tellus.

Le Suisse dédaigna le suprême de volaille en gelée auquel Marlow fit honneur.

— Pourquoi tenez-vous tellement à la connaître ? Je m'aperçois que j'ignore la raison de votre démarche et de votre présence ici !

— Vraiment !

— En douteriez-vous ?

— Parlez-moi de ce déjeuner.

— Je suis un citoyen libre, inspecteur, et je refuse de vous répondre.

— C'est fort ennuyeux, M. Tellus.

— J'ai brusquement l'impression que votre présence m'importune.

— Je crains de devoir vous accuser de meurtre.

L'obèse s'étrangla.

— Pouvez-vous répéter ça ?
— Vous m'avez parfaitement compris.
— Qui aurais-je tué ?
— Votre pire ennemi.
— Balfour Pregforth est mort ?
— Assassiné.

Le Suisse posa les deux mains à plat sur la table.

— Quelle bonne nouvelle... quelle sacrée bonne nouvelle ! Rien ne pouvait me procurer plus de plaisir. Vous êtes l'ange Gabriel, inspecteur !

— Avez-vous conscience de la précarité de votre position, M. Tellus ?

— Je m'en moque ! Quelqu'un a châtié ce maudit philatéliste, et il a bien eu raison ! Si j'étais juge, je l'acquitterais.

— Que s'est-il passé pendant ce déjeuner ?

— Vous vouliez la vérité ? La voici. Feu Balfour Pregforth tenait à me voir : ça tombait bien, moi aussi ! Je ne l'ai même pas laissé placer un mot, et je lui ai dit que j'avais élucidé son stratagème, lors de la vente aux enchères. Il croyait m'avoir éliminé, mais il se trompait ; jamais je ne renoncerai à détruire sa réputation.

— Et à le détruire lui-même ?

— Je ne suis pas un violent, inspecteur ; j'espérais le voir à mes pieds, honteux et repentant.

— Comment a-t-il réagi ?
— En claquant la porte de ce salon.
— Pourquoi vous cherchait-il ?
— Je ne le saurai jamais.

Higgins prit de nombreuses notes sur son carnet noir, tandis que le superintendant, tout en se régalant, ne cessait d'observer le chocolatier du coin de l'œil.

— Savez-vous si Sir Balfour fréquentait un missionnaire ? demanda l'ex-inspecteur-chef.

— Jamais entendu parler.

— Parmi ces personnes, lesquelles connaissez-vous ?

Higgins montra à Walter Tellus la liste de noms correspondant aux rendez-vous du mercredi fatal.

— Uniquement lady Almina, que j'ai vue de loin. Une femme superbe, pour son âge, mais qui m'écrasait de plusieurs siècles de noblesse ! Je me sentais incapable de lui adresser la parole.

— Que pensez-vous de cette planche de timbres, rayée d'un trait de stylo ?

L'obèse se pencha sur l'objet avec difficulté.

— C'est idiot d'avoir fait ça... ces timbres n'ont pas une valeur folle, mais quand même ! On pouvait les négocier un bon prix, sans cette intervention d'iconoclaste.

— Où vous trouviez-vous, mercredi dernier, entre vingt heures et vingt-deux heures ?

— Mercredi dernier... je me promenais dans le quartier, avant d'aller me coucher.

— Un témoin pourrait-il le prouver ?

— Pardonnez-moi, je me trompais : j'étais seul chez moi, et je me suis couché tôt, à cause d'une pénible migraine. Pas fameux, comme alibi...

— En effet.

— Je suppose que je ne dois pas quitter Londres avant que vous ayez identifié l'assassin ?

— Merci de votre compréhension.

— Voici mon adresse et mon téléphone à Piccadilly. Le midi, je déjeune ici.

— À bientôt, M. Tellus.

CHAPITRE XII

Le bureau de Norman Reed, au *Foreign Office*, était meublé en acajou fourni par la compagnie des Indes. Derrière la tête du haut fonctionnaire, sous la pendule murale, le portrait de la reine, coiffée d'un magnifique diadème de pierres précieuses. Sur le bureau patiné par les ans, un sous-main en cuir, des feuillets de papier blanc et un stylo nacré à plume d'or.

Âgé d'une cinquantaine d'années, Norman Reed portait un costume sombre trois pièces, sur mesure, provenant du meilleur tailleur de Savile Row où un essayage demeurait une cérémonie quasi religieuse. Depuis deux siècles, c'était là que s'habillaient les gentlemen pénétrés de leur devoir d'élégance.

La chevelure clairsemée, un fin collier de barbe, de fines lunettes et un air compassé, presque méprisant, caractérisaient le diplomate que l'on sentait emprisonné dans les conventions de son poste et très satisfait d'appartenir à un grand corps de l'État.

Scott Marlow, mal à l'aise devant ce genre de personnage, se félicitait de la présence de Higgins que les grands de ce monde n'impressionnaient plus depuis longtemps.

— Vous avez demandé à me voir, messieurs ? dit Norman Reed d'une voix glacée, tout en regardant les cartes de visite de ses hôtes.

— Nous aimerions vous poser quelques questions, dit Higgins après avoir fait les présentations.

— À quel propos ?

— La mort de Sir Balfour Pregforth.

— Elle n'a pas été rendue officielle, si je ne m'abuse ?

— Le *Times* publiera demain une nécrologie.

— L'Angleterre perd son meilleur philatéliste.

— Vous adonnez-vous vous-même à cette passion ?

— Je n'en ai pas le temps, inspecteur ; ma fonction de conseiller culturel ne me laisse guère de loisir.

— Beaucoup de voyages, je suppose ?

— Beaucoup, en effet ; après trois ans passés en Extrême-Orient, j'occupe un poste à Londres pendant six mois avant de partir pour une nouvelle affectation à l'étranger. Telles sont les obligations de ma charge et je ne m'en plains pas. Le prestige du Royaume-Uni à l'étranger dépend de gens comme moi. Mais... pourquoi Scotland Yard se préoccupe-t-il du décès de Sir Balfour ?

— Parce qu'il s'agit d'un assassinat, révéla Higgins.

— Diable... j'espère que nous éviterons le scandale ; il n'est jamais bon de voir un aristocrate mêlé à ce genre d'affaire. L'équilibre même de notre société pourrait en souffrir.

— Je me préoccupe surtout d'identifier l'assassin.

— C'est votre devoir, inspecteur ; je suppose que vous désirez m'interroger sur mon entretien avec feu Balfour Pregforth, mercredi dernier, à quatorze heures trente ?

— Vous nous obligeriez en nous en révélant la teneur.

Norman Reed sembla gêné.

— C'est assez délicat, car notre conversation relève du domaine privé et touche aux affaires étrangères... Vous savez que je suis soumis au devoir de réserve.

— Je ne l'ignore pas mais je vous rappelle qu'il s'agit d'un meurtre abominable. Sir Balfour a eu la gorge tranchée.

La précision ne fut pas du goût du diplomate.

— Épargnez-moi ces horreurs, je vous prie.

— Votre coopération serait des plus précieuses, M. Reed.

Une ride creusa le front du diplomate, en proie à un débat intérieur.

— Parfait... j'accepte de vous aider.

— Votre rendez-vous était-il prévu depuis longtemps ?

— Non, Sir Balfour l'avait sollicité la veille. Malgré un emploi du temps très chargé, j'ai accepté de le recevoir quelques instants, en raison de sa notoriété. Au téléphone, il semblait anxieux, presque agressif.

— Dois-je comprendre que l'entretien s'est mal déroulé ?

— C'est peu dire, inspecteur. Sir Balfour, fort énervé, m'a vivement réprimandé, en des termes frisant parfois l'impolitesse. Bien entendu, j'ai gardé mon calme, quoi qu'il m'en coûtât.

— Que vous reprochait-il ?

— De modifier les habitudes de mon prédécesseur qui lui convenaient à merveille.

— À savoir ?

— C'est assez délicat, inspecteur ; j'aimerais compter sur la plus grande discrétion de votre part.

— Je suis une tombe, M. Reed.

— Mon prédécesseur rendait service à Sir Balfour en lui procurant quantité de timbres exotiques par le biais de la valise diplomatique. Ce n'était ni vraiment illégal, ni vraiment légal... Pour ma part, je ne suis guère favorable à ce genre de passe-droit. L'indépendance de notre diplomatie et la rigueur de son personnel sont des valeurs auxquelles j'ai la faiblesse de tenir.

— Je ne saurais trop vous en féliciter ; avez-vous trouvé un terrain d'entente ?

— Non, inspecteur ; Sir Balfour s'est montré très exigeant, refusant la moindre diminution de son privilège. De mon côté, je fus intraitable. J'avoue qu'il a quitté mon bureau fort mécontent.

— Il a été assassiné le soir même, rappela Higgins ; sans vous offenser, et par simple conscience professionnelle, puis-je vous demander où vous vous trouviez mercredi dernier, entre vingt heures et vingt-deux heures ?

Norman Reed réfléchit quelques instants.

— J'étais chez moi et j'étudiais des dossiers complexes ; désolé de ne pouvoir vous fournir un meilleur alibi.

Higgins soumit au conseiller culturel la liste des personnes que Sir Balfour avait rencontrées le jour de sa mort.

— L'un de ces noms vous est-il familier ?

— Aucun, inspecteur. Je crois que lady Almina est l'épouse de Sir Balfour ?

— En effet.

— Êtes-vous amateur de beaux timbres ?

— Ma culture, dans ce domaine, est des plus superficielles ; j'apprécie néanmoins les chroniques du *Times*, lorsqu'elles évoquent des pièces rares.

— Cette planche vous évoque-t-elle un commentaire ?

Higgins montra à Norman Reed les timbres rayés d'un trait de plume.

— Pas le moindre, inspecteur.

— Merci de votre compréhension, M. Reed.

— Si vous avez besoin de moi, je suis encore à Londres pendant une quinzaine de jours ; ensuite, je pars pour le Japon.

CHAPITRE XIII

La pluie qui s'abattit sur Londres rendit sa banlieue encore plus sinistre qu'à l'ordinaire. La vieille Bentley avança en hoquetant, avec beaucoup de réticence ; Higgins, consultant un plan détaillé, guidait Scott Marlow.

— J'espère que l'adresse fournie par le Yard est correcte.

— Nous avons trouvé trois Samantha Witchcroft : la première a quatre-vingt-dix ans ; la seconde douze ; la troisième, trente-deux et exerce la profession de miniaturiste. Commencer par celle-là me paraît raisonnable.

Les petites rues étaient bordées de maisons à deux étages, toutes semblables, en briques noircies par le sang et les gaz d'échappement de véhicules. Aux fenêtres, des rideaux protégeaient l'intimité des habitants. Quelques rares passants regagnaient leur domicile à pas pressés ; une mère de famille tentait, en vain, d'expliquer à ses enfants que patauger dans les flaques n'était pas un jeu amusant.

— Qu'avez-vous pensé de ce diplomate, mon cher Marlow ?

— Un modèle éternel et indémodable. La personnalité de Sir Balfour, en revanche, me paraît de plus en plus contestable.

— Un collectionneur est prêt à tout pour satisfaire sa passion ; aucun excès ne le rebute, pourvu qu'il atteigne son but.

— Cette succession de rendez-vous demeure bien mystérieuse.

— Elle répond à une logique que nous devons comprendre.

— La recherche de son assassin... c'est toujours votre idée ?

— Simple hypothèse ; nous verrons bien.

— Le coin n'est pas gai ; cette Samantha Witchcroft ne semble pas avoir fait fortune.

La barrière du jardinet n'avait pas été repeinte depuis longtemps. La porte d'entrée avait, elle aussi, connu des jours meilleurs.

Higgins frappa.

— Qui est là ? demanda une voix féminine.

— Scotland Yard.

La jeune femme qui ouvrit était le parfait sosie de la Joconde de Léonard de Vinci. Même sourire énigmatique, même visage doux et ferme à la fois, même regard triste et lointain.

— Que désirez-vous, messieurs ?

— Voici le superintendant Marlow ; je suis l'inspecteur Higgins. Nous aimerions vous parler quelques instants.

— C'est que... je suis très occupée.

— Désolé d'insister, mais c'est important.

— Puisque vous insistez...

Samantha Witchcroft avait transformé sa modeste

demeure en atelier de gravure. Une très modeste place avait été réservée à la cuisine et aux commodités. Higgins nota la qualité professionnelle du matériel, du plus petit poinçon à une presse ancienne, mais encore efficace.

Elle s'assit sur un tabouret.

— Posez-moi vos questions et partez.

— Pourquoi êtes-vous si nerveuse ?

— Ça me regarde. Je vous répète que je suis surmenée et pressée.

— À quoi travaillez-vous ?

— Ça me regarde aussi.

— Soyez plus coopérative, ordonna Scott Marlow, ou bien je vous convoque à Scotland Yard ; vous risquez d'y perdre beaucoup de temps.

Samantha Witchcroft se mordilla les lèvres ; sans en proposer à ses hôtes, elle avala un baba au rhum rance, horreur culinaire que les Anglais rangeaient dans la catégorie des « pâtisseries françaises », à éviter en toutes circonstances sous peine de graves désordres intestinaux et hépatiques.

— Je dois livrer des lettres miniatures à des graveurs ; je suis payée à la pièce. Si mon rendement baisse, je ne peux plus payer mon loyer.

Higgins se pencha sur une série de godets contenant des encres spéciales, allant du noir profond au vert émeraude ; à côté, une série de pinceaux très fins.

— À combien s'élèvent vos dettes, mademoiselle ?

— Quelques centaines de livres sterling, comme beaucoup de gens.

— Vous travaillez pourtant dans une spécialité rentable.

— Le travail se fait rare, ces temps-ci, et je ne sais toujours pas pourquoi vous êtes ici.

— Connaissiez-vous Sir Balfour Pregforth ?

— Non. Il ne doit pas appartenir au milieu que je fréquente.

— Vous m'étonnez, mademoiselle.

— Vous questionnez, je réponds.

— Sir Balfour a été assassiné, mercredi dernier.

— Ce sont des choses qui arrivent.

— Mercredi dernier, le jour de sa mort, Sir Balfour avait rendez-vous avec vous, à seize heures, ici même.

— Inexact.

— C'est pourtant ce qui est inscrit sur son agenda.

— Peu m'importe.

— Il avait ajouté une mention : *diabolicum perseverare*.

— Je ne comprends pas.

— C'est la fin d'un proverbe : « l'erreur est humaine, mais il est diabolique de persévérer ». Quelle erreur avez-vous commise, mademoiselle, et pourquoi avez-vous persévéré ?

— Vous êtes toujours aussi énigmatique, dans la police ?

— Niez-vous avoir rencontré Sir Balfour mercredi dernier ?

— Ce rendez-vous n'a existé que dans l'imagination de ce monsieur.

— Que faisiez-vous, ce même mercredi, entre vingt heures et vingt-deux heures ?

— J'étais ici et je travaillais d'arrache-pied ; à quoi croyez-vous que je passe mes soirées ?

— L'univers du timbre vous intéresse-t-il ?

— Je m'en moque complètement. Avez-vous fini, à présent ?

— Il est encore temps de dire la vérité, mademoiselle.

— Je ne vous raccompagne pas.

Marlow aurait volontiers durci le ton, mais un regard de Higgins l'en dissuada.

— Adieu, messieurs.

— À bientôt, mademoiselle.

CHAPITRE XIV

La pluie tombait sur les vieilles tôles de la Bentley.

— Ordonnez une enquête de voisinage, demanda Higgins.

— Cette femme ment, de toute évidence.

— Si Sir Balfour est venu ici, on l'aura remarqué.

— Passons au Yard ; je donnerai des ordres et nous verrons si L.B. est bien notre missionnaire.

Le vénérable véhicule éprouva quelque peine à se faufiler dans les embouteillages londoniens, mais arriva bravement à bon port.

Les adjoints de Scott Marlow reçurent les instructions du superintendant et lui apprirent une bonne surprise : L.B. était peut-être identifiée, à savoir une certaine Laetitia Blackwell, habitant bien dans Jameson Street.

— Si c'est exact, déplora Higgins, nous avons perdu notre missionnaire.

***

L'élégante et raffinée Jameson Street abritait des immeubles victoriens de belle facture ; dans cette artère paisible, à l'écart des grands axes de circulation, fleurait bon un art de vivre à l'ancienne, dans le respect des convenances. La Bentley de Marlow, qui aurait eu besoin d'un sérieux nettoyage, suscita la réprobation d'une vieille dame promenant un schnauzer poivre et sel, toiletté à la perfection.

Au numéro indiqué, Higgins frappa à la porte avec le heurtoir. Un domestique en livrée ne tarda pas à ouvrir.

— Puis-je vous être utile ?

— Scotland Yard.

— Ah...

— Pourriez-vous prévenir Miss Blackwell de notre présence ?

Marlow et Higgins patientèrent une dizaine de minutes dans un grand hall orné de lourdes tentures de couleur or. Réapparut le domestique qui guida les deux policiers vers un salon rouge où une jeune femme était alanguie sur un canapé à trois places. Les yeux vert d'eau, brune, pulpeuse, vêtue d'une robe noire très courte qui laissait découvertes des jambes sublimes, elle s'amusait à compter les perles d'un collier.

— Vous désiriez me voir ?

La voix était envoûtante, chaude, un peu canaille.

— Merci de nous recevoir.

— Vous êtes l'inspecteur Higgins ?

— En effet, et voici le superintendant Marlow.

— C'est grave ?

— Hélas ! oui.

La jeune femme se redressa et s'assit.

— Qu'est-ce qu'on me reproche ?

— Nous enquêtons sur un crime.

Elle porta une main à sa bouche.

— Oh, quelle horreur ! Ne m'en parlez pas, j'ai horreur du sang et de la violence.

— Quand avez-vous vu Sir Balfour Pregforth pour la dernière fois ?

Laetitia Blackwell blêmit.

— Balfour... pourquoi cette question ?

— Parce qu'il a été assassiné.

Elle se leva, bouleversée.

— Lui, mort ? Ce n'est pas possible, c'est injuste, monstrueux !

Elle s'affala sur le canapé, incapable de retenir un torrent de larmes. Higgins attendit que ces effusions, apparemment sincères, se calment.

— Vous le connaissiez bien ? demanda-t-il, paternel.

— Oh, je ne devrais pas vous le dire, mais Balfour et moi étions très liés... vous comprenez ?

L'ex-inspecteur-chef hocha la tête. Scandalisé, Marlow évita de regarder la créature.

— Moi, j'aime le luxe, les grands appartements, les tableaux modernes, la grande classe, quoi ! Balfour, il m'a offert tout ça. J'étais « son rayon de jeunesse », comme il disait. Sous ses airs froids et distants, c'était un vrai poète. Nous nous entendions si bien, lui et moi !

— Comment vous êtes-vous connus ?

— Lors d'un spectacle de danse. J'étais ballerine, il m'a remarquée, il est venu dans ma loge... un vrai coup de foudre ! Il m'a installée ici, en me demandant de ne plus monter sur scène. Ça m'a plu. Mais je fais de la gymnastique tous les jours pour garder un corps parfait. Vous me trouvez belle ?

— Ravissante.

Le compliment fit rosir Laetitia Blackwell.

— Quand on a beaucoup dansé, on doit s'entretenir. Mon seul spectateur, aujourd'hui, c'est Balfour. Je veux dire... c'était ! Mon Dieu, quelle horreur !

Une nouvelle crise de larmes brouilla les délicieux yeux vert d'eau.

Le domestique frappa à la porte du salon rouge et l'entrouvrit.

— Le coiffeur de mademoiselle est arrivé.

Laetitia Blackwell s'essaya avec un mouchoir en dentelle.

— Faites-le patienter.

— Bien, mademoiselle.

— Ne nous dérangez plus, je vous prie.

— Bien, mademoiselle.

— Les domestiques n'ont plus le sens des convenances, remarqua-t-elle, soudain acide. D'accord, je me fais coiffer tous les jours ; mais est-ce qu'on dérange des personnes de qualité, comme vous et moi, lorsque nous parlons de choses sérieuses ?

Elle sourit, attendrie.

— Balfour adorait me voir bien coiffée. Il ne supportait pas une mèche folle, il détestait le négligé dans tous les domaines. Quel homme merveilleux... À son contact, je devenais meilleure. Moi, à part les pas de danse, je ne connaissais rien de la vie. Mais lui, il avait tout vu et il savait tout ! Il me fascinait. Bien sûr, il y avait la différence d'âge... mais en amour, ça ne compte pas. Quand on s'entend comme on s'entendait, on oublie les années.

— Vous saviez qu'il était marié ?

— Bien sûr, inspecteur. C'était son droit, non ?

— Son épouse ignorait-elle votre liaison ?

— Sûrement pas !

CHAPITRE XV

Scott Marlow était effondré. Comment empêcher une Laetitia Blackwell de parler à la presse et de déclencher un effroyable scandale ? Pris dans la tourmente, le superintendant n'avait aucune chance d'y échapper.

— Comment pouvez-vous être aussi affirmative ? demanda Higgins.

— Balfour et sa femme vivaient séparés depuis des années, même s'ils habitaient sous le même toit. Pour les convenances, comme disait Balfour. Moi, je le comprenais et je l'approuvais. Et puis...

L'ancienne danseuse essuya une nouvelle larme.

— Lady Almina est venue ici, à l'improviste.

Le superintendant continuait à descendre aux enfers ; il eût souhaité être sourd.

— Comment s'est-elle comportée ? interrogea Higgins.

— Elle a été très aimable, mais très sévère. Elle a visité toute la maison, et s'est déclarée satisfaite de la décoration ; ça m'a fait plaisir. Moi, je n'osais pas parler. Une grande dame comme ça chez moi !

— Aucune réprimande de sa part ?

— Elle m'a fait jurer sur la Bible d'être discrète, de ne jamais me montrer avec son mari en public, et de nier toute relation avec lui si on m'interrogeait à ce sujet. J'ai tenu ma parole et je la tiendrai. Avec vous, inspecteur, c'est différent... Vous appartenez à Scotland Yard et vous êtes si gentil !

— Quand avez-vous vu Sir Balfour pour la dernière fois ?

— Mercredi dernier.

— À quelle heure ?

— Vers dix-sept heures trente, je crois.

— Est-il resté longtemps ?

— Une petite heure, pas davantage.

— Venait-il souvent vous voir ?

— Deux fois par semaine ; nous passions l'après-midi ensemble.

— Cette visite était plutôt inhabituelle.

— Plutôt, oui ; d'abord par sa brièveté, ensuite par son attitude. Balfour était nerveux, presque agressif ; il m'a posé quantité de questions sur mon adolescence, sur mon métier de danseuse, sur les gens avec lesquels j'avais travaillé. Tout ça n'avait aucun intérêt, mais je lui ai répondu du mieux que j'ai pu.

— A-t-il paru satisfait ?

— Non, il était toujours aussi nerveux.

— Lui avez-vous demandé la raison de son comportement ?

— Oh, inspecteur ! Jamais je n'aurais osé ! Balfour commandait, j'obéissais. C'eût été impoli de ma part de le questionner. Il me passait beaucoup de bêtises, mais pas celle-là.

— Vous n'avez donc recueilli aucune confidence.

— Balfour était un homme très secret. Un peu comme vous, j'imagine.

Elle adressa un délicieux sourire à l'ex-inspecteur-chef qui prenait des notes de son écriture fine et précise.

— Je dis des choses importantes, inspecteur ?

— Capitales, mademoiselle.

— Alors, je suis contente ! Grâce à moi, vous allez arrêter l'assassin ?

— Je l'espère.

— Je lui arracherai la peau lambeau par lambeau, je le pendrai au chêne de la forêt de Sherwood, et je le brûlerai dans une fosse à sorcières !

— Vous en discuterez avec les juges, mais pourquoi dites-vous « le » ?

La brune pulpeuse se troubla.

— Ben... ce ne peut être qu'un homme. Quelle femme serait assez folle pour tuer Balfour ?

— Se sentait-il menacé ?

— Je n'en avais pas l'impression.

— Vous intéressez-vous aux timbres, mademoiselle ?

— C'est mon domestique qui les colle sur les enveloppes.

— Je veux parler des timbres de collection.

— Ah, la passion de Balfour... non, ça m'ennuie. S'enthousiasmer pour de si petites choses, le plus souvent très laides, quelle bizarrerie !

Laetitia Blackwell poudra le grain de beauté qui ornait sa joue gauche.

— Pourtant, vous admiriez Sir Balfour.

— Ça n'a rien à voir, inspecteur.

Higgins regarda la jolie brune droit dans les yeux.

— Êtes-vous tout à fait sûre, mademoiselle, que Sir Balfour ne vous a rien confié ?

Laetitia Blackwell continua à se poudrer.

— Tout à fait, inspecteur.

— Lewis Arrow, John Babwin, Walter Tellus, Norman Reed, Samantha Witchcroft, Dorothy Farin : l'un de ces noms vous est-il familier ?

La maîtresse du philatéliste fit la moue.

— Aucun.

— Sir Balfour a-t-il évoqué un missionnaire ?

Un grand étonnement s'inscrivit dans les yeux vert d'eau.

— Jamais, vraiment jamais !

— Vous aurait-il montré cette planche de timbres ?

Laetitia Blackwell la regarda avec dégoût.

— Ah ça non ! Nous parlions d'amour, pas de timbres.

— Mercredi dernier, entre vingt heures et vingt-deux heures, que faisiez-vous ?

— J'étais ici et j'écoutais des disques de variété.

— Votre domestique pourrait-il en témoigner ?

— Malheureusement non, car il a pris sa soirée de repos. Mais... pourquoi me posez-vous cette question ?

— Simple routine. Aimeriez-vous me faire plaisir, mademoiselle ?

— Oh oui, inspecteur !

— N'ouvrez votre porte qu'à Scotland Yard, pendant quelques jours. Surtout, si un journaliste tentait de vous interroger, refusez de lui répondre. Le respect de la mémoire de Sir Balfour vaut bien votre silence. La presse à scandale vous détruirait.

L'avertissement sembla frapper la jolie brune.

— Je vous promets d'être digne, inspecteur.

CHAPITRE XVI

Les bureaux s'étaient vidés de leurs occupants, mais les embouteillages ne se dissipaient pas ; englués dans le flot des voitures particulières, les autobus rouges à deux étages n'avançaient pas d'un pouce. Guidé par Higgins, Marlow évita les grands axes et emprunta quantité de petites rues en direction de Berdmorsey Square, proche de l'église de St Mary Magdalene, sur la rive droite.

— Croyez-vous que cette Laetitia Blackwell tiendra sa parole ?

— C'est possible, superintendant.

— J'ai bien envie de faire surveiller son domicile jour et nuit pour empêcher les journalistes de l'approcher.

— Si le Yard est accusé d'entrave à la liberté de la presse, vous risquez votre réputation.

— Je sais, je sais... mais comment accorder la moindre confiance à cette créature ?

— Tout dépend de l'aspect envisagé. Tournez à droite, puis à gauche ; nous approchons.

Marlow n'interrogea pas son collègue sur la signification de la phrase énigmatique qu'il venait de prononcer. Faire parler Higgins était une tâche surhumaine, à laquelle les plus hautes autorités elles-mêmes avaient renoncé.

À dix-neuf heures, essoufflé, la vieille Bentley se gara devant le domicile de Dorothy Farin, masseuse attitrée du philatéliste assassiné.

Elle ouvrit quelques secondes après le coup de sonnette.

— Messieurs ?

— Inspecteur Higgins et superintendant Marlow, de Scotland Yard.

— Entrez vite. Avec ce temps de chien, même la police risque d'être mouillée !

Dorothy Farin était une jeune personne de vingt-cinq printemps, mutine, très vive, le regard pétillant, le petit nez pointu et coquin, le visage parsemé de charmantes taches de rousseur. Petite, menue, elle donnait l'impression de virevolter sans effort.

Son appartement de deux pièces, peint en jaune clair, était gai et pimpant. Une cuisine ultramoderne, un canapé lit, des chaises en métal argenté, une table pliante composaient un mobilier que l'on s'accordait à qualifier de fonctionnel. Sur une étagère, une trentaine de livres, tous consacrés à la rééducation par le massage.

— Je vous sers un whisky écossais, déclara-t-elle, enjouée. À cette heure-là, que vous soyez en service ou pas, c'est indispensable pour garder la forme. Je vous demanderai d'être assez brefs, car j'attends mon meilleur client.

De fait, le cabinet de massage, qui s'ouvrit sur la gauche de l'entrée, était préparé pour accueillir un patient.

— Ne s'agirait-il pas de Sir Balfour Pregforth ?

— En effet ; mais comment...

— Il est mort, mademoiselle.

— Mort ? Mais je l'ai encore massé mercredi dernier, et il était en excellente santé ! Il m'avait fixé rendez-vous pour aujourd'hui, et...

— Il est mort assassiné.

Dorothy Farin vida son verre cul sec et s'en resservit un autre.

— Par saint George, quelle nouvelle ! Qui a fait le coup ?

— Nous sommes précisément à la recherche de l'assassin.

— Bonne chance... On ne devrait pas tuer les gens comme ça !

— D'ordinaire, vous le massiez le vendredi ?

— Oui, à dix-neuf heures ; c'était un homme très ponctuel.

— Vous être très jeune, mademoiselle ; Sir Balfour...

— Oh, ne vous méprenez pas, inspecteur ! J'ai commencé à masser à vingt et un ans, et il paraît que j'ai une bonne main. J'ai eu la chance de soigner un vieux lord et de le décontracter ; à son club, il a parlé de moi à Sir Balfour, dont j'ai acquis la clientèle depuis deux ans. Soyez rassuré, mes trois petits amis sont de mon âge.

La jeunesse moderne désarçonnait Scott Marlow, bien qu'il fût contraint d'admettre que la délicieuse Dorothy Farin bénéficiât de maints attraits, tout à fait incontestables.

— À quelle heure l'avez-vous massé, mercredi dernier ?

— À dix-neuf heures, chez lui ; c'était une première !

— Vous a-t-il donné la raison de ce changement d'habitude ?

— Non, et je ne me serais pas permis de l'interroger ; Sir Balfour était quelqu'un d'assez réfrigérant.

— L'avez-vous trouvé dans un état normal ?

— Le dos était très crispé et souffrait de nombreuses contractures ; je n'ai pas réussi à le soulager complètement.

— Vous a-t-il questionnée ?

Dorothy Farin posa l'index droit sur le bout de son nez.

— C'est vrai ça, et de manière plutôt agressive et hargneuse ! Il m'a interrogée sur mon enfance, sur mes études, sur ma date d'installation à Londres, sur mes relations.

— Avez-vous accepté de lui répondre ?

— Bien entendu, je n'ai rien à cacher. C'est la première fois qu'il se montrait aussi curieux, presque inquisiteur. Bien que je ne sois pas froussarde, il m'a fait peur.

— Connaissez-vous son épouse, lady Almina ?

— Je l'ai croisée. Quelle femme superbe ! Avec elle, on comprend ce que veut dire la noblesse. Ce sont des gens comme elle qui devraient diriger l'Angleterre et pas des politiciens corrompus.

— Connaissez-vous l'une de ces personnes ?

Dorothy Farin examina la liste que lui présenta Higgins, et hocha négativement la tête.

— Parmi vos clients, n'auriez-vous pas un missionnaire ?

La jeune femme éclata de rire.

— Je m'en serais aperçue, à moins qu'il soit en civil ! Dans ce cas-là, son dos ne doit pas se différencier de celui d'un incroyant.

— C'est fort probable ; cette planche de timbres vous surprend-elle ?

La masseuse jeta un œil négligent.

— Sont-ils utilisables pour poster mon courrier ?

— Je crains que non. La philatélie vous serait-elle étrangère ?

— Complètement ! Comment peut-on passer son temps à trier et à classer ces petits carrés de papier ? Moi, je deviendrais folle !

— Où vous trouviez-vous, mercredi dernier entre vingt heures et vingt-deux heures ?

Dorothy Farin se pinça le nez avant de répondre.

— Chez moi. À cause du rendez-vous inattendu de Sir Balfour, j'avais dû décommander le plus ardent de mes petits amis. J'ai mangé des sardines, des pâtes au beurre et un gâteau de riz. Ensuite, j'ai lu un roman policier et je me suis couchée en rêvant du prince charmant. Hélas, au réveil, il n'était pas encore arrivé !

— Ne désespérez pas, recommanda Higgins ; la persévérance est toujours récompensée.

— Dites-moi, inspecteur... comment Sir Balfour a-t-il été assassiné ?

— Égorgé.

Dorothy Farin, impressionnée, ferma les yeux quelques instants.

— Quelle sauvagerie !

— Si un détail vous revenait en mémoire, n'hésitez pas à nous contacter.

— Comptez sur moi.

CHAPITRE XVII

Vaillante, la vieille Bentley reprit la direction de Mayfair. La pluie n'avait pas cessé, mais la circulation devenait plus fluide.

— C'est troublant, nota Scott Marlow ; aucun des suspects ne présente un alibi solide. Tous se trouvaient chez eux, aucun ne dispose d'un témoin pour corroborer ses dires. Simples coïncidences ?

— Trop tôt pour le dire.

— Je n'osais pas aborder le problème, mais si vous me demandez de retourner chez les Pregforth, c'est que...

— Lady Almina nous a menti, confirma Higgins.

— Nous abordons une phase très délicate de l'enquête ; lady Almina est une très grande femme.

— J'en conviens, mon cher Marlow ; lorsqu'une très grande dame dissimule la vérité, à quel impératif obéit-elle ?

— Je ne redoute qu'une réalité, Higgins : qu'elle soit coupable. Son mensonge renforce mon intime conviction.

⁂

Le grand salon vert jade et blanc de l'hôtel particulier des Pregforth était accablé de tristesse et de solitude. Higgins eut l'impression de pénétrer dans un musée abandonné où aucun visiteur n'entrerait plus jamais. Nul regard ne contemplerait plus les meubles anciens et les objets précieux, à l'exception de celui d'une veuve énigmatique qui apparut dans une robe noire de chez Norman Hartnell, le couturier de la reine. Bénie des dieux, lady Almina ne vieillissait pas ; par quel miracle était-elle parvenue à stopper le temps ?

Higgins regrettait qu'elle eût menti. S'il était une personne qu'il eût souhaité mettre à l'abri d'une enquête criminelle, c'était bien cette femme à l'élégance souveraine.

— Pardonnez-nous de vous importuner à cette heure, milady.

— Avez-vous passé une bonne journée, inspecteur ? Puis-je vous offrir un sherry ? Mon mari se faisait livrer une excellente cuvée.

— Avec plaisir.

Lady Almina tira un cordon dissimulé dans une tenture. Le majordome apparut presque aussitôt et servit les deux policiers avec la distinction parfaite qui seyait à sa fonction.

— J'aimerais revenir sur certains détails.

— Je vous en prie, inspecteur.

Higgins et Marlow s'étaient assis dans deux confortables fauteuils de cuir, face à lady Almina qui avait choisi l'extrémité d'un sofa. Elle évoquait une oiselle à peine posée sur une branche et prête à s'envoler au moindre signe de danger.

— Votre mari vous a-t-il parlé d'un missionnaire qu'il devait recevoir ?

— Oui.

— En fouillant dans votre mémoire, ne décelez-vous pas une trace d'un religieux de ce type ?

— Non, inspecteur. Mon mari était anglican ; la notion même de mission et de conversion lui était étrangère.

— Toutes les personnes qui ont vu Sir Balfour, ce mercredi, ont constaté qu'il était nerveux et tendu, voire agressif.

— Je vous l'ai dit, son irritation n'a cessé de croître ces dernières semaines.

— Si quelqu'un est capable de m'expliquer la cause de son état, n'est-ce pas son épouse ?

Les yeux de lady Almina devinrent mélancoliques.

— En théorie, vous avez raison ; mais le quotidien s'éloigne parfois de l'idéal.

— Votre altercation avec Sir Balfour, le matin de sa mort, était-elle exceptionnelle ?

— Sous cette forme, oui ; lui et moi savions maîtriser nos nerfs.

— Il s'est donc produit un événement exceptionnel qui a profondément modifié son comportement.

— C'est certain.

— N'auriez-vous aucune hypothèse à formuler ?

— J'aimerais vous aider, mais j'en suis incapable.

— Peut-être pas.

L'aristocrate fut victime d'une légère crispation. Scott Marlow serra le pied de son verre en cristal, sentant que l'ex-inspecteur-chef s'engageait sur une pente dangereuse.

— Que voulez-vous dire, M. Higgins ?

— J'aimerais vous soumettre à nouveau la liste des personnes que votre mari a rencontrées le jour du crime.

— À quoi bon ?

— Peut-être aurez-vous envie de formuler une remarque.

— Je ne crois pas.

— Les initiales L. B., celles d'une personne qui habite dans Jameson Street et que nous avons identifiée, vous sont-elles réellement inconnues ?

Lady Almina ne se déroba pas et soutint le regard de l'ex-inspecteur-chef.

— Qu'attendez-vous de moi ?

— La vérité.

— Elle n'est pas toujours facile à dire.

— Je suis prêt à l'entendre.

— Dites-la vous-même.

— Vous avez découvert la liaison de votre mari avec Laetitia Blackwell et vous êtes allée chez elle.

— C'est exact.

— Que lui avez-vous dit ?

— Vous le savez déjà.

— J'aimerais l'entendre de votre bouche.

— Est-ce vraiment nécessaire ?

— Je vous en prie.

— Eh bien, j'ai visité le bel appartement que mon mari a offert à cette gourgandine. Je la trouve assez vulgaire et passablement stupide, mais plutôt sincère dans son affection. Si elle a offert des moments de bonheur à mon mari, tant mieux pour lui. Je lui ai demandé d'être discrète et de ne pas afficher sa liaison.

— Redoutiez-vous qu'elle provoquât un scandale ?

— Ce n'était pas son intérêt, mais j'ai insisté pour qu'elle se taise. Elle m'a donné sa parole.

— Que vaut la parole d'une Laetitia Blackwell, à vos yeux ?

— Souhaitons qu'elle ait le sens de l'honneur.

— Supposons qu'elle l'ait perdu.

— Je ne vous suis pas, inspecteur.

— N'était-il pas tentant de vous faire chanter ? Laetitia Blackwell savait que vous teniez à votre réputation et à la grandeur de votre nom plus qu'à toute chose.

— Elle aurait pu y penser, en effet, mais elle n'a pas osé. Vous avez ma parole, et j'ai la certitude qu'elle vous suffira.

— Elle ne vous a donc fait chanter... d'aucune façon ?

— D'aucune façon.

Marlow crut que Higgins poursuivrait plus avant l'interrogatoire, mais l'ex-inspecteur-chef remercia son interlocutrice et prit congé.

***

— Lancez une enquête sur toutes les personnes que nous avons interrogées aujourd'hui, superintendant ; nous devons vérifier leur identité, leur situation de famille, leur ascendance et leur niveau de fortune.

Scott Marlow appréciait ce genre de tâche : il s'y montrait imbattable.

— Jugez-vous la moisson fructueuse, Higgins ?

— La quantité de mensonges récoltée me paraît remarquable, trier le bon grain de l'ivraie nous prendra du temps. Rendez-vous au Yard, à huit heures ; aurez-vous les renseignements ?

— Comptez sur moi, je vous accompagne quelque part ?

— Ce ne sera pas nécessaire ; à demain, mon cher Marlow.

Le superintendant regarda Higgins s'éloigner sous la pluie, de son pas tranquille et régulier. Chez qui logeait-il, lorsqu'il résidait à Londres ? D'aucuns évoquaient des conquêtes féminines, mais personne n'avait acquis la moindre certitude. Higgins gardait son mystère, et c'était bien ainsi.

CHAPITRE XVIII

Cette fois, les bouteilles de lait ne se trouvaient plus sur le seuil du 109, Cheyne Street ; l'expert Lewis Arrow s'était levé de bonne heure et avait pris son breakfast avant huit heures trente. Le quartier était animé, certains partaient au travail, d'autres promenaient leur chien, d'autres encore arrosaient leurs fleurs.

Higgins utilisa le heurtoir en cuivre doré. La porte peinte en noir s'ouvrit lentement.

— Encore vous, messieurs ?

— Navré de vous importuner ; nous avons besoin d'un complément d'information.

— Je n'ai même pas terminé mes œufs au bacon... enfin, entrez.

Lewis Arrow était vêtu d'une robe de chambre grise, aussi terne que son appartement ; Higgins, qui avait pourtant le sens des physionomies, était incapable de lui trouver une caractéristique. Même sa voix était neutre, sans timbre et sans couleur. Pour un service de renseignement, l'espion rêvé.

— Votre enquête a-t-elle avancé ?

— Un peu, répondit Higgins.

— Désirez-vous du thé ?

— Non, merci.

Comment Higgins aurait-il pu avouer qu'il détestait la boisson nationale ? Préserver ce lourd secret exigeait une constante vigilance.

— Depuis combien de temps êtes-vous un expert en philatélie ?

— Plusieurs années.

— Quelle fut votre formation ?

— Études supérieures à Oxford, travail sur le terrain avec des spécialistes, analyse poussée des catalogues et des grandes collections, constante mise à jour de mes connaissances. Ce n'est pas un métier facile, vous savez ; il faut se battre pour garder sa place.

— Les relations ne sont-elles pas aussi importantes que les compétences ?

— N'écoutez pas les mauvaises langues ; rien ne remplace les qualités techniques.

— Êtes-vous toujours certain de votre jugement ?

— C'est indispensable, inspecteur ; mes clients doivent être tout à fait rassurés.

— Vous n'avez donc jamais commis d'erreur ?

— Jamais ; sinon, j'aurais changé de métier. Seriez-vous venu à une heure aussi matinale pour parler philatélie ?

Higgins consulta son carnet noir.

— Il existe un point noir dans votre témoignage ; pour l'heure du crime, vous ne disposez d'aucun alibi.

L'argument ne sembla pas émouvoir Lewis Arrow.

— Pourquoi en aurais-je un ? Comme je vous l'ai indiqué, je n'avais aucun contact avec Sir Balfour.

— Vous faisiez pourtant partie des personnes qu'il tenait à voir, le jour même de sa mort.

— Un hasard.

— Je ne crois pas, M. Arrow.

— Il faudra le démontrer, inspecteur, dit l'expert en beurrant un toast.

— Nous allons essayer.

— Pardon ?

— J'aimerais revoir votre dernier objet d'expertise.

Lewis Arrow posa son toast.

— Cela ne dépasse-t-il pas le cadre de votre enquête ?

— Laissez-m'en juge ; voudriez-vous me montrer ce fameux timbre à l'effigie de Baden-Powell ?

— Le Mafeking ?

— Lui-même.

L'œil de l'expert resta sans éclat. Avec lenteur, il sortit son dossier du buffet.

— Le voilà. N'y touchez pas, s'il vous plaît ; n'oubliez pas qu'il est destiné aux collections de Sa Majesté.

— Croyez bien que je ne perds pas de vue cette illustre destination.

— Auriez-vous une loupe ?

— Bien entendu.

Higgins examina longuement le précieux vestige des deux cent dix-sept jours de siège et de terribles combats. La modeste image n'avait gardé que l'auguste visage d'un jeune colonel destiné à devenir une célébrité internationale.

Higgins tendit la loupe à l'expert.

— À votre tour.

— Mais... mon rapport est déjà rédigé !

— Votre conclusion ?

— Un parfait spécimen de Mafeking.

— En ce cas, vous êtes un bien mauvais expert.

— Je ne vous permets pas !

— L'examen le plus élémentaire, auquel je viens de procéder, prouve que ce timbre est faux.

— Vous vous moquez de moi !

— Vous n'avez pas eu de chance, M. Arrow ; l'un de mes amis, colonel en retraite et grand spécialiste des affaires militaires, m'a parlé de ces timbres et de leur histoire. J'ai retenu un détail amusant : les Mafeking, en raison des circonstances du siège, furent tirés sur du papier photographique. Ce n'est pas le cas du vôtre.

— Qu'est-ce que vous racontez...

— Ce que vous auriez dû savoir. D'une part, j'éviterai à la Couronne d'acheter un faux ; d'autre part, je suis obligé d'accorder quelque crédit à la rumeur selon laquelle vous vous seriez plus ou moins querellé avec Sir Balfour.

— Moi ? Ça ne tient pas debout. Je ne suis pas du genre à prononcer un mot plus haut que l'autre.

— Vous, peut-être ; mais Sir Balfour a dû s'emporter de manière spectaculaire en découvrant vos insuffisances.

— Qu'allez-vous imaginer ?

— Une situation simple : Sir Balfour, qui régnait sur le marché du timbre rare, a eu vent de vos activités. Un Mafeking n'est pas une pièce courante. Il a voulu le voir, et s'est vite aperçu que vous cautionniez l'existence d'un faux. Sa colère fut terrible, car il ne supportait pas qu'un tricheur s'aventurât dans son domaine de prédilection.

— Pure spéculation.

— Comment expliquer autrement qu'il vous ait rendu visite ?

— En ce cas, je vous aurais plus ou moins menti.

— Plus que moins, en effet. Sans nul doute, Sir Balfour s'est déplacé en personne pour vous sommer de renoncer immédiatement à votre qualité d'expert et de disparaître de la profession, sous peine de poursuites judiciaires.

— Vision bien pessimiste.

— Autrement dit, il vous a fait perdre votre travail et abandonner vos prétentions. C'est pourquoi votre absence d'alibi devient gênante.

— Je n'ai commis aucune faute, inspecteur, affirma Lewis Arrow en déchirant son rapport.

CHAPITRE XIX

— Le bonhomme est coriace, jugea Marlow.

— Dans le monde de la philatélie, il n'ira plus très loin. Hier soir, j'ai eu un contact avec Buckingham Palace, Sir Balfour devait voir prochainement le conseiller de Sa Majesté pour ses collections afin de le mettre en garde contre un escroc.

— Le nom de Lewis Arrow avait-il été prononcé ?

— Non, mais je suis persuadé qu'il s'agissait de lui.

— Si c'est le cas, nous tenons l'assassin. Sir Balfour l'aura menacé de le dénoncer, et il aura réagi de la manière la plus violente pour échapper à la déchéance. Pourquoi ne pas l'arrêter ?

— Il est peut-être le coupable, mais ce ne serait pas la seule raison de son crime.

— Que soupçonnez-vous ?

— Ce n'est pas encore très précis, mais je suis persuadé que beaucoup de fausses pistes s'ouvrent devant nous. Il faudra écarter quelques mirages avant de voir la vérité, si nous parvenons à l'atteindre.

— Je vous trouve bien sombre, alors que nous venons de prouver la culpabilité de ce Lewis Arrow !

— Dans une escroquerie philatélique, pas dans une affaire criminelle.

À regret, Marlow dut admettre que son collègue avait raison. Arrêter un individu était une décision trop grave pour qu'il la prît à la légère.

— Arrow possède néanmoins un excellent mobile.

— Je vous le concède, mais il ne me satisfait pas complètement.

— Crime de philatéliste, disiez-vous ; même s'il est un escroc, Lewis Arrow connaît bien le domaine. Tout semble cadrer, Higgins.

— Le dossier que le Yard a établi sur son compte ne nous donne aucun élément supplémentaire.

— En est-il besoin ?

— Il nous manque une preuve formelle, et il n'a rien avoué. Tant que nous n'aurons pas élucidé toutes les énigmes de ce drame et examiné tous les faits, notre conclusion risque d'être erronée.

Connaissant le caractère entêté de Higgins, Marlow savait qu'il ne s'arrêterait pas en chemin et n'interromprait pas ses investigations avant d'avoir atteint son objectif.

⁂

Plusieurs camions bloquaient Fleet Street, noyée dans une brume suspecte. Des piles de journaux bien ficelés passaient de main en main, à bonne cadence. Higgins et Marlow s'engouffrèrent dans l'immeuble moderne et montèrent au quatrième étage à pied ; le superintendant, un peu claustrophobe, détestait les ascenseurs, et l'ex-inspecteur-chef avait besoin de faire travailler ses genoux.

La réceptionniste, navrée, déclara aux deux policiers que John Babwin serait absent pour la journée ; elle ne savait pas où il se trouvait.

Pourtant, un homme âgé, les cheveux blancs, le visage ridé, les poches de son imperméable déformées par des catalogues de philatélie, attendait devant la porte du bureau.

— Qui est ce monsieur ? demanda Higgins.

— Un vieux fou, il ne vit que par les timbres. Je l'ai averti qu'il attendait pour rien, mais il s'obstine.

Higgins se présenta et s'assit sur la banquette, à côté du philatéliste.

— Vous connaissez bien M. Babwin ?

— Voilà des années que je lui achète des timbres ; toute ma retraite y passe, mais je fais des bonnes affaires. Vous voulez que je vous confie un secret ?

— Volontiers.

L'homme le murmura à l'oreille de Higgins.

— Babwin publie le catalogue de référence, mais il ne connaît rien aux timbres. Plusieurs fois, il a cru me rouler, mais c'est moi qui l'ai possédé ! Vous voulez voir mes trésors ? Ils ne me quittent jamais.

Le collectionneur sortit de la poche de sa veste un portefeuille transparent où il conservait ses pièces les plus rares, deux *Black Penny* et l'un des premiers timbres français, daté de 1849.

— Des merveilles, non ?

— Certes, dit Higgins en examinant les timbres de près.

— Quand je les revendrai, je serai multimillionnaire, mais je ne parviens pas à m'en séparer.

— Depuis quand êtes-vous collectionneur ?

— Pour les petits timbres, depuis toujours ; pour les

grosses pièces, depuis peu de temps. Moi, j'achète d'instinct ; l'érudition, ça ne sert à rien. Pour le timbre, il faut l'œil, rien d'autre !

— Un conseil d'ami : n'achetez plus rien à Babwin, même de très bonnes affaires.

Laissant le philatéliste sans voix, Higgins rejoignit Marlow.

— Ce Babwin est un voleur, déclara-t-il ; il a dû abuser une belle quantité de naïfs.

— Auriez-vous des preuves ?

— Je viens d'en voir trois. Trois faux qu'il a vendus à un retraité qui se croit compétent ; le malheureux est persuadé d'avoir réalisé des affaires en or, mais ses plus belles pièces ne valent pas un penny.

— Comment vous en êtes-vous aperçu ?

— Il m'a montré trois timbres. Le premier est un *Black Penny* avec, dans les angles les lettres V, K, X, Y. Cette combinaison est impossible. La poste avait inventé la méthode du *lettering*, autrement dit l'inscription de certaines lettres dans les coins de chaque timbre d'une planche, afin d'éviter des imitations. C'est un assez joli casse-tête, qui m'a plutôt amusé lorsque j'ai étudié le principe.

— Et le second timbre ?

— Un autre *Black Penny*, avec d'autres lettres.

— Combinaison impossible, également ?

— Peu importe ; il date de 1888. Or la pratique de ces lettres de coin a été abandonnée en 1887. C'est donc un faux.

— Et le troisième timbre ?

— Un timbre français de 1849, date de la première émission. Or, Sir Rowland Hill, secrétaire général des postes britanniques, avait demandé à un certain Vandal, directeur général des Postes françaises, quelques timbres de cette époque pour sa propre collection. La France avait simplement oublié que l'on pouvait conserver des timbres et en faire collection ; aussi l'État lui-même n'avait-il gardé aucun exemplaire. Aucun spécimen de cette première série n'ayant survécu, il fallut la réimprimer en 1862.

— Et si...

— Aucune chance, mon cher Marlow, Babwin a sûrement vendu trois faux, en laissant croire à son acheteur que lui, éditeur de catalogues, se trompait. Beaucoup de marchands tentent d'abuser leur clientèle en proposant des timbres défraîchis, réparés ou regommés ; il faut être très attentif pour éviter tous les pièges. Babwin a franchi un pas supplémentaire.

— Je l'envoie en prison sur-le-champ.

— La justice l'innocentera. Il a certainement enregistré les transactions dans son livre de comptes ; la loi n'interdit à personne d'acheter de faux timbres. Comme Babwin n'a fourni aucun certificat d'authenticité, il n'a accompli qu'un banal acte de commerce.

— Par bonheur, nous détenons un autre chef d'accusation contre lui. Mais dites-moi, Higgins... vous semblez être un philatéliste averti !

— Détrompez-vous, mon cher Marlow ; j'ai glané quelques informations ici et là, mais ma culture philatélique est des plus fragmentaires. En vérité, je ne collectionne que les bons auteurs.

CHAPITRE XX

Le triste quartier où habitait Samantha Witchcroft était encore plus sinistre dans le brouillard. Higgins se demandait pourquoi l'homme avait inventé une nouvelle forme d'esclavage où, croyant être libre, il dépérissait à petit feu avec une remarquable obstination. Les villes, à la source du mal, ne cessaient de grandir et d'imposer leur loi ; certains prédisaient que, bientôt, l'air n'y serait plus respirable, mais qui les écoutait ? L'économie et le profit d'abord, le reste après. Et la science inventerait bien un air artificiel qui permettrait à un futur peuple de fourmis mécaniques d'être définitivement à l'abri des variations de l'atmosphère.

L'enquête de voisinage, menée le matin même avec des effectifs discrets mais importants, avait très vite abouti à des résultats sans équivoque. De plus, la situation financière de Samantha Witchcroft se révélait bien catastrophique, à la suite d'une malversation qui avait failli l'envoyer en prison. Enfin, Witchcroft était le nom de sa mère, alors qu'elle descendait des Kochir, une famille autrichienne. Avant de rendre visite à la jeune femme, Higgins avait joint au téléphone Malcolm Mac Cullough, commissaire-priseur de son état et érudit hors pair. Appartenant au cercle très fermé des amis de l'ex-inspecteur-chef, où la parole donnée et le refus absolu du mensonge étaient les valeurs premières, Mac Cullough habitait une grande villa transformée en bibliothèque où s'enterraient des milliers d'ouvrages sur les sujets les plus divers, le nom de Kochir lui était inconnu mais, lorsque Higgins le relia à l'univers du timbre-poste, son ami se précipita sur une histoire de la philatélie et lui fournit un renseignement des plus précieux.

— Nous avons été plutôt mal reçus la première fois, souligna Higgins ; pourtant, cette sympathique demoiselle a beaucoup de confidences à nous faire.

— Nous disposons rarement d'un dossier aussi complet, admit Marlow. Mais pourquoi a-t-elle menti de manière aussi éhontée ? Elle devait bien se douter que nous vérifierions ses dires !

— Parfois la police est négligente ; elle a peut-être cru au miracle.

Samantha Witchcroft ne fut pas longue à ouvrir. Le bord des yeux légèrement maquillé, elle ressemblait toujours à l'énigmatique Joconde de Léonard de Vinci. Vêtu d'un pantalon noir et d'une blouse de même couleur, elle tenait dans la main droite un minuscule pinceau.

— Oh non, pas vous ! Je suis vraiment débordée. Revenez demain.

— Le crime n'attend pas, déclara Marlow avec solennité.

— Vous voulez me tuer ?

— L'heure n'est pas à un humour douteux, mademoiselle.

— Je suppose que je suis obligée de vous répondre ?

— Ce serait préférable ; n'avez-vous pas suffisamment menti ?

Elle se mordilla les lèvres.

— Eh bien, entrez, mais restez debout et ne dérangez rien.

Sans nul doute, Samantha Witchcroft était en plein travail ; un simple coup d'œil permit à Higgins d'en préciser la nature. Pinceaux minuscules, variétés d'encre et de papiers étaient suffisamment explicites, ajoutés aux éléments contenus dans le rapport du Yard.

Tournant le dos aux policiers, la jeune femme reprit le dessin auquel elle se consacrait.

— Que s'est-il passé, mercredi dernier, à seize heures ? demanda Higgins.

— Pour moi, rien. J'étais ici et je travaillais.

— Inexact, mademoiselle.

— Ma parole contre la vôtre.

— Plusieurs voisins ont vu un homme élégant descendre d'un taxi qui l'a attendu ; grâce à une photographie, tous ont reconnu Sir Balfour Pregforth. Il est entré chez vous, y est resté près de trois quarts d'heure, en est reparti après avoir claqué la porte.

— Je déteste la médisance.

— En l'occurrence, il s'agit de témoignages concordants, qui corroborent le rendez-vous indiqué sur l'agenda de Sir Balfour. Je vous recommande de changer d'attitude, mademoiselle.

— J'ai l'impression que je n'ai plus le choix.

— Admettez-vous avoir reçu Sir Balfour ?

— Non. C'est lui qui s'est invité.

— De quelle manière ?

— Il m'a téléphoné, m'a fixé l'heure. J'ai refusé. Il est venu quand même.

— Nous avançons lentement, mademoiselle, mais nous avançons.

— Tant mieux pour vous.

— Quel était le motif de sa visite ?

— Je n'en sais rien.

Scott Marlow, irrité, intervint sèchement.

— Ça suffit, mademoiselle. Vous oubliez que Sir Balfour a été assassiné ; si vous vous entêtez à vous moquer de nous, je vous arrête pour meurtre. Mensonge, absence d'alibi, insulte à un officier de police... les indices s'accumulent contre vous.

Très calme, Samantha Witchcroft trempa la pointe de son pinceau dans un godet d'encre rouge et, d'une main très sûre, dessina un minuscule perroquet.

— Vous êtes bien capable de m'empêcher de travailler.

— Si vous persistez dans votre attitude, oui.

— Bon, j'accepte de répondre à vos questions.

— Que voulait Sir Balfour ? interrogea Higgins, d'une voix posée.

La jeune femme hésita.

— C'était très confus. Il semblait énervé, en proie à une sorte de crise de nerfs ; il voulait tout casser, dévaster mon atelier, déchirer mes dessins. Heureusement, il n'est pas passé à l'acte ; malgré son âge, je n'aurais pas réussi à lui résister. L'énergie que déploie un homme en colère est proprement incroyable.

— Vous a-t-il menacée ?

— Plus ou moins, son discours était tout à fait incompréhensible. Je ne suis pas peureuse, mais j'étais vraiment mal à l'aise, et j'ai même eu envie de m'enfuir. Mettez-vous à ma place : pourquoi cet aristocrate faisait-il intrusion chez moi et tentait-il de mettre mon pauvre domaine à sac ?

— Ne vous a-t-il donné aucune raison ?

— Sa fureur n'est pas retombée. Il gesticulait, parlait fort, n'écoutait pas mes protestations. Et puis il est parti, comme il était venu. C'est vrai, il a claqué la porte avec une telle violence que les murs ont tremblé.

— Rien d'autre ?

— Non, inspecteur.

— Après cette belle fable, mademoiselle, si nous parlions sérieusement ?

CHAPITRE XXI

— Vous ne me croyez pas, inspecteur ?
— Non, mademoiselle.
— Ne s'agirait-il pas d'une persécution ?
— Situons-nous cinq ans plus tôt, voulez-vous ?
— Je déteste le passé.
— Il est parfois bien présent et trop pesant.

Le ton de Samantha Witchcroft devint agressif.

— Pourquoi subirait-on à jamais les conséquences d'une calomnie ?
— Vous avez un casier judiciaire, mademoiselle.
— J'étais victime, pas coupable.
— Donnez-moi votre version des faits.

La jeune femme prit une longue aspiration.

— J'étais graveuse de timbres et l'État me passait souvent des commandes. On me donnait un thème, je le traitais à ma manière... Voici cinq ans, je fus convoquée par le directeur des postes.
— Sir Balfour Pregforth ?
— Lui-même. Il était furieux contre moi, parce que j'avais modifié un projet dont il était l'auteur, le rendant ainsi ridicule aux yeux de son personnel. Je l'ai prié de m'excuser, mon intention n'était nullement de

lui nuire. Mais il n'a pas pardonné ce qu'il considérait comme un affront. Privée de travail, j'ai subi une dépression nerveuse, quitté mon appartement du centre-ville, et perdu mes amis. J'ai refait surface dans la gravure, mais ma vraie passion ce sont les timbres. Quand j'ai appris le départ à la retraite de Sir Balfour, j'ai de nouveau tenté ma chance auprès de la direction des postes... et l'on a accepté ma candidature.

— Voilà pourquoi vous utilisez ce matériel.

— Vous l'aviez remarqué, n'est-ce pas ? De toute façon, je suis une piètre dissimulatrice.

— Mais le passé est remonté à la surface.

— Pour m'éliminer, Sir Balfour m'avait accusée d'avoir imité un timbre officiel et de procéder à des affranchissements illégaux.

— Était-ce exact ?

— Non, inspecteur. Le tribunal a hésité ; d'un côté, la parole d'un personnage illustre et puissant, de l'autre ma bonne foi passionnée et l'absence de preuves. Je n'ai subi qu'une légère condamnation, mais ma carrière fut brisée. Du moins le croyais-je, jusqu'à cette nouvelle chance ; et puis Sir Balfour est réapparu dans ma vie !

— Aussi irrité que vous le prétendiez ?

— Ça, c'était vrai. Quelle fureur et quelle agressivité ! Il m'a réellement menacée. Bien qu'il fût à la retraite, il continuait à surveiller l'évolution de son administration et, surtout, la fabrication des timbres. Lorsqu'il a vu réapparaître mon nom, il est intervenu.

— Curieux, nota Higgins.

— Pourquoi dites-vous ça ?

— Quelle haine persistante... N'avait-elle pas d'autre motif ?

— D'après ses attaques, non. Il m'a sommée d'interrompre le travail en cours et de ne plus jamais m'occuper de timbres. Pour lui, quelqu'un qui avait triché ne devait plus apparaître sur la scène philatélique.

— Mais vous n'aviez pas triché, mademoiselle.

— Il avait fini par considérer comme vérité son propre mensonge.

— Vous êtes couverte de dettes, n'est-il pas vrai ?

Samantha Witchcroft hocha affirmativement la tête.

— Sir Balfour appréciait les jolies femmes, vous en êtes une ; ne vous a-t-il pas fait des propositions...inacceptables ?

Le sosie de la Joconde sourit.

— Nos atomes ne sont vraiment pas crochus... Il me détestait de la manière la plus franche. Mes chances ne suffisaient pas à atténuer son animosité.

— Je suis certain qu'il avait un autre motif pour vous détruire.

La jeune femme se concentra sur son travail.

— Vous êtes d'origine autrichienne, n'est-ce pas ?

Elle ne répondit pas.

— Kochir est bien le nom de vos ancêtres ?

— Cessez de fouiller dans mon passé !

— Laurent Kochir était un fonctionnaire autrichien, d'origine slovène ; consciencieux et observateur, il s'irritait de la manière dont circulait le courrier au début du dix-neuvième siècle. Au lieu de faire payer le coût du transport des lettres par les destinataires, pourquoi ne pas utiliser un autre système ? Il rédigea un rapport détaillé à l'administration centrale, à Vienne, en 1836 ; son projet fut oublié au fond d'un tiroir. Obstiné, Kochir le réalisa lui-même, en collant un rectangle de papier sur une lettre, en date du vingt février 1839 ; ce timbre — car c'en était un — avait une valeur d'un kreuzer. Sur un fond de couleur rouille se détachait en réserve blanche le chiffre 1, flanqué d'une petite croix. Comme cette lettre fut bien envoyée par la poste autrichienne, et expédiée par une dame Greiner à sa fille, on doit considérer votre ancêtre, Laurent Kochir, comme le véritable créateur du timbre-poste.

— Heureux de vous l'entendre dire, marmonna la jeune femme.

— Par conséquent, la réputation de Sir Rowland Hill serait usurpée, et l'une des plus grandes figures de l'Angleterre devrait descendre de son piédestal.

Scott Marlow fut stupéfait ; ce scandale-là, il ne l'avait pas prévu.

— N'aviez-vous pas décidé, poursuit Higgins, de mener une croisade pour faire reconnaître la validité et l'antériorité de la découverte de Kochir ?

— Je n'avais aucune chance de réussir.

— Vous me paraissez suffisamment obstinée pour entreprendre une tâche sans espoir.

— Sans espoir, sans espoir ? Pourquoi en serait-il toujours ainsi ? Après tout, la vérité historique n'est-elle pas critiquable !

— Remettre en cause des faits acquis, même erronés, exige beaucoup de courage.

— Laurent Kochir fut méprisé de son vivant ; il est temps que la postérité lui rende l'hommage qu'il mérite.

— Sir Balfour connaissait-il votre ascendance et vos intentions ?

— Rien de philatélique ne lui est étranger.

— Kochir ne représentait-il pas pour lui un

effroyable danger ? Reconnaître ses mérites équivalait à détrôner son dieu, Sir Rowland Hill.

— Puisque vous avez tout compris, que pourrais-je ajouter ?

— Un détail troublant, mademoiselle : c'est Sir Balfour qui a été assassiné, pas vous.

— Vous me permettrez de ne pas m'en plaindre.

— Bien volontiers, mais vous admettrez que cette disposition est, de votre point de vue, un événement plutôt favorable.

— Iriez-vous jusqu'à m'accuser d'assassinat ?

— En seriez-vous étonnée ?

— Il faudrait apporter la preuve de ma culpabilité.

— Êtes-vous sûre d'avoir tout avoué ?

— Cette fois, inspecteur, je n'ai plus de secrets pour vous.

CHAPITRE XXII

Fleet Street était de plus en plus encombrée, mais la vieille Bentley du superintendant réussit à se frayer un chemin entre les camions et même à se garer devant l'immeuble moderne où était installé le siège social de John Babwin. Du pub où il avait déjeuné avec Scott Marlow, Higgins avait eu l'idée de téléphoner à l'éditeur de catalogues. Contrairement à ce qu'il avait affirmé, il était revenu dans ses locaux que l'ex-inspecteur-chef lui avait demandé de ne pas quitter avant son arrivée.

John Babwin trônait dans son fauteuil directorial, face à une pile de documents.

— Asseyez-vous messieurs ! Du café ? J'espérais prendre une journée de repos, mais trop de dossiers m'obsédaient. Quand je prévois une semaine de vacances, je l'annule avant d'avoir bouclé mes valises. Quand on est dans les affaires, on leur appartient corps et âme. Tout le reste apparaît fade et sans intérêt ; et si, en plus, on se bat sur le marché du timbre, la plus belle des passions nourrit tous les efforts !

Babwin avala son sixième café. Ses mains potelées

s'agitaient à un rythme enfiévré, classant et triant timbre après timbre.

— Avez-vous arrêté l'assassin, inspecteur ?

— Pas encore, mais nous progressons.

— Tant mieux ; tuer un homme de la qualité de Sir Balfour est un crime impardonnable.

— Aviez-vous gardé des liens étroits avec votre complice ?

Le visage lunaire de John Babwin se figea, ses yeux rapetissèrent.

— Qu'est-ce que vous dites ?

— Ma question était claire.

— Ce terme de « complice »... qui désigne-t-il ?

— Sir Balfour Pregforth, bien entendu.

— C'est ridicule, inspecteur ! Lui, l'aristocrate ; moi, le roturier ! Toute entente entre nous, pour quelque motif que ce fût, eût été atrocement inconvenante.

— Sauf quand il s'agissait d'abuser Walter Tellus et de l'acculer à la faillite.

Une goutte de sueur perla à la racine des cheveux noirs de John Babwin.

— On a dû vous raconter une fable, inspecteur.

— Ce n'est pas certain.

— Qui m'a calomnié ?

— Lors de la fameuse vente qui a opposé Walter Tellus à Sir Balfour, vous étiez bien présent ?

— Je crois, oui... c'était un grand événement philatélique qu'aucun professionnel ne voulait manquer.

— Avez-vous pris un verre au bar de l'hôtel où résidait M. Tellus ?

— Je ne m'en souviens plus.

— Vous discutiez avec l'adjoint du commissaire-priseur, rappelez-vous.

— C'est une habitude.

— Que lui avez-vous dit ?

— Je ne m'en souviens plus, nous avons parlé philatélie, bien entendu.

— D'une voix suffisamment forte pour être entendue de Walter Tellus qui tendait l'oreille, vous avez révélé que Sir Balfour voulait acheter un timbre qu'il savait faux.

— Rocambolesque ! Le monde de la philatélie ne connaît pas de tels complots.

— Combien Sir Balfour vous avait-il payé ?

— Vous délirez, inspecteur !

— La tactique était particulièrement habile, estima Higgins ; Walter Tellus a cru que vous répandiez une fausse information pour mieux le décourager, alors que vous vous contentiez de dire la vérité. Une vérité que vous n'aviez pas inventée, M. Babwin, mais qui vous avait été communiquée par Sir Balfour.

— Impensable.

— Walter Tellus ne vous connaît pas, mais il vous a correctement décrit. Le lien existant entre vous et Sir Balfour est des plus intéressants ; puisque vous lui avez rendu service afin de ruiner son adversaire, ne vous serait-il pas venu l'idée de le faire chanter ?

— Moi ? Mais de quelle manière, grand Dieu !

— De la plus simple qui soit : en exigeant de l'argent pour votre silence. Si vous aviez révélé la vérité sur la ruine du philatéliste suisse, que serait devenue la réputation de Sir Balfour ?

— Il aurait nié, et tout le monde l'aurait cru !

— Walter Tellus serait entré dans la ronde, et sa voix aurait été entendue.

— Non, non, tout ça ne tient pas debout, vous le

savez bien ! Chez nous, la différence de classe est trop sérieuse pour être effacée.

— L'argument est sérieux, reconnut Higgins, et il aurait empêché Sir Balfour de s'allier avec vous dans le cadre d'un combat secondaire ; en l'occurrence, il avait l'occasion de terrasser son principal adversaire et de l'éliminer définitivement du paysage philatélique. Avoir recours à un homme de votre genre lui parut astucieux ; qui songerait, en effet, à supposer un lien quelconque entre vous ?

— Aberrant, je vous le concède.

— Vous savez que j'ai raison, M. Babwin.

— Et quand bien même ? Sir Balfour est mort, et je n'avouerai jamais rien.

— S'il est venu vous voir, c'est afin de mettre fin à certaines de vos pratiques.

— Voilà une nouvelle invention !

— Vous êtes allé trop loin, M. Babwin ; comme disent les Français, vos chevilles ont gonflé. Avoir travaillé pour un personnage de la stature de Sir Balfour vous a fait croire que vous étiez devenu vous-même un homme très important, capable de vous imposer. Dans votre activité quotidienne, vous êtes un voleur.

Les traits crispés, le rouge aux joues, John Babwin se leva.

— Vous m'insultez, inspecteur ; si la loi le permettait, je porterais plainte contre vous.

— Je vous le déconseille, intervint Scott Marlow ; des témoins pourraient corroborer les dires de mon collègue. À force de prendre les autres pour des imbéciles, vous finirez par tomber sur un os.

L'éditeur de catalogues se rassit.

— Qu'est-ce que vous me voulez, à la fin ?

— Vous jouez un rôle certain dans cette affaire criminelle, précisa Higgins, et je ne parviens pas encore à en dessiner les contours exacts. Les menaces de Sir Balfour vous ont peut-être contraint à intervenir, de manière brutale.

— Une fois de plus, vous divaguez !

— Je trouverai, promit Higgins ; ce sera difficile, mais je trouverai.

CHAPITRE XXIII

Scott Marlow relut le message parvenu à Scotland Yard.

À l'intention de l'inspecteur Higgins.
Rendez-vous au cimetière de Highgate à dix-neuf heures.
Concerne l'affaire en cours. Venez seul.

— Ne prenez pas ce risque, Higgins.

— Ce texte n'est pas aussi anonyme qu'il y paraît ; il émane forcément d'une des personnes que nous venons d'interroger. Pour elle, « l'affaire en cours » est obligatoirement le crime dont nous lui avons parlé ; elle a des renseignements à nous communiquer, mais de la manière la plus discrète.

— Un cimetière, quelle discrétion !

— Je connais l'identité de l'expéditeur ; soyez sans crainte, superintendant.

— Je tiens à vous accompagner, Higgins ; je resterai dans la Bentley.

— Il ne faudrait pas effrayer notre correspondant.

— Votre sécurité n'est-elle pas plus précieuse que l'identification même d'un assassin ?

— Il faut bien finir un jour, mon cher Marlow.

— Rien ne presse.

C'était en Orient, pendant son adolescence que Higgins avait apprivoisé la mort, « cette tendre et douce amie de l'homme », comme l'écrivait Mozart ; la peur ne disparaissait pas devant l'épreuve, mais elle n'envahissait plus l'âme et laissait la conscience en paix. Lorsque le dernier instant surviendrait, Higgins pourrait affirmer, comme Lord Carnarvon : « je suis prêt ».

***

Bien sanglé dans son *Tielocken*, coiffé d'une casquette en tweed, Higgins progressa à pas lents dans une avenue silencieuse, bordée d'arbres entre lesquels se dressaient des pierres tombales. La plus insolite des célébrités enterrées à Highgate était sans nul doute Karl Marx, qui devait cohabiter avec des notables britanniques et de grands bourgeois. Des anges de marbre et des statues pompeuses évoquaient un paradis auquel ne croyait guère le père du *Capital*.

L'homme sortit de derrière une sépulture en faux style égyptien.

— Bonsoir, M. Reed.

— Bonsoir, inspecteur ; me pardonnez-vous le caractère un peu mystérieux de mon message ?

— Il correspond au style diplomatique.

— Vous m'aviez identifié, n'est-ce pas ?

— J'ai supposé que vous désiriez me parler loin du *Foreign Office* et de toute personne susceptible de vous reconnaître.

— Ce cimetière est un peu trop romantique, mais j'aime y méditer. La seule certitude de ce monde n'est-elle pas ici ? Par bonheur, la mort existe ; imaginez-vous une terre où vivraient éternellement Néron, Hitler et d'autres assassins de leur espèce ? L'enfer serait mille fois plus souhaitable.

Bien entendu, le conseiller culturel portait un imperméable réversible de chez Burberry's, une écharpe en alpaga et un chapeau noir ; son parapluie était assez large pour protéger Higgins de la pluie. Les deux hommes marchèrent côte à côte, longeant les pierres tombales.

— Connaissez-vous le *Foreign Office*, inspecteur ?

— J'ai eu l'occasion d'y interroger quelques diplomates, dans le cadre d'enquêtes criminelles.

— Vous ont-ils répondu ?

— Jamais dans leur bureau. Ils ont agi comme vous, en me fixant rendez-vous dans des endroits solitaires, à l'abri de toute oreille indiscrète.

— C'est le métier qui veut ça. Dans nos locaux, on a l'impression que la moindre de nos pensées est consignée dans un rapport secret avant même d'avoir été émise. Saviez-vous qu'il existe ici des sortes de catacombes datant de la reine Victoria ? Parfois, j'aimerais m'y enterrer quelques jours et oublier les agitations de la planète. Je fais un curieux métier, inspecteur ; j'étudie les gens comme un entomologiste les insectes, je perçois leurs problèmes, je déduis que les difficultés proviennent de leur manque de culture, je propose des solutions raisonnables à mon administration, et celle-ci m'ordonne de rester inerte ou de faire le contraire de ce qui serait utile.

— Vous êtez-vous déjà révolté ?

— Quel terme obscène, pour les oreilles d'un diplomate ! Ni révolte, ni critique, c'est le premier devoir de celui qui embrasse la carrière. Nous devons être des ectoplasmes, éventuellement des profiteurs si la situation se présente bien, surtout pas des bâtisseurs. Il en va du *Foreign Office* comme de tous les ministères des Affaires étrangères. Second devoir intangible : la lâcheté. Dès qu'un orage menace, dès qu'un fleuve déborde, se mettre soi-même à l'abri, prouver que son pays n'est pas responsable, et déplorer le sort des victimes en s'en occupant le moins possible. Et puis il y a le langage, ce merveilleux langage diplomatique, composé de mots à double ou triple sens que seuls d'autres diplomates peuvent comprendre, de phrases contournées qui doivent être absolument vides de sens, de discours si profonds et si essentiels qu'il n'en reste pas une syllabe dès qu'ils ont été prononcés. C'est tout un art, inspecteur ; il exige des années de pratique. Je ne vous choque pas, j'espère ?

— Vous avez dû éprouver bien des déceptions.

— C'est la loi du genre ; si on ne l'accepte pas, il faut démissionner. Les diplomates disposent d'une antidote infaillible à leurs états d'âme : la lâcheté. Se réfugier derrière l'ordre d'un supérieur, qui se cache derrière le ministre, qui se dissimule derrière le Premier ministre, qui s'abrite derrière la raison d'État. La lâcheté, quelle arme suprême ! Personne ne peut rien contre elle ; elle frappe dans le dos, elle ment avec le sourire de l'innocence et s'offre sans restriction aux puissants comme aux faibles. Elle est le véritable ciment de l'espèce humaine et vous pouvez compter sur les diplomates pour la porter au pinacle sans dévoiler son nom.

Un vol de corbeaux passa en coassant au-dessus du cimetière.

— Pardonnez-moi, inspecteur ; je vous importune avec ces considérations, sans vous donner le véritable motif de ce rendez-vous. La surprenante visite de Sir Balfour, bien entendu.

— Ses explications ne vous auraient-elles pas convaincu ?

— En dépit de sa hargne et de son agressivité, il a joué... les diplomates. J'ai beaucoup réfléchi ; sa démarche me paraît tout à fait anormale.

— Pour quelle raison ?

— Un homme de son importance aurait dû agir d'une autre façon et ne pas se montrer en personne. Il connaît des ministres, des députés et des hauts fonctionnaires qui auraient fait discrètement pression sur moi et m'auraient contraint à m'aligner sur la conduite de mon prédécesseur, au lieu d'adopter cette attitude héroïque et dérisoire, d'ailleurs parfaitement inefficace. S'il désirait réellement ses timbres, Sir Balfour aurait trouvé sans peine un autre moyen d'utiliser les services de notre diplomatie.

— Quelles conclusions tirez-vous ?

— Aurait-il voulu me rencontrer, moi, Norman Reed ? Ça n'a aucun sens. Dans peu de temps, j'aurais disparu de son horizon et je ne joue aucun rôle dans le domaine philatélique. Devais-je, à mon insu, servir de courroie de transmission, pour une tâche que j'ignore ? C'est possible, mais laquelle ? Bref, je pataugeais. Situation aussi délicate qu'inconfortable. La lâcheté a repris le dessus ; avoir tenu tête à Sir Balfour, n'était-ce pas compromettre ma carrière ? Je devais en savoir plus.

— Autrement dit, savoir si vous pouviez exercer une prise quelconque.

— Vous m'avez parfaitement compris. Craignant d'être tombé dans un piège dont j'ignorais la nature, j'ai tenté de me procurer des armes.

— Et vous avez mené une enquête sur Sir Balfour, en utilisant les moyens dont vous disposiez.

— Exactement ; c'est pourquoi j'ai une bien étrange histoire à vous raconter.

CHAPITRE XXIV

La grille principale se referma sur le cimetière que le gardien croyait désert. Le sinistre claquement fit sursauter le diplomate.

— C'est relativement ennuyeux.

— Ne soyez pas préoccupé ; je dispose d'une clé qui ouvre les serrures.

— Ah... est-ce bien légal ?

— Diplomatie personnelle.

— En ce cas, je ne peux que vous approuver.

Higgins et Norman Reed continuèrent à marcher dans la nuit pluvieuse, environnée des âmes des morts.

— Voyez-vous, inspecteur, je suis parti sur l'idée que Sir Balfour n'avait pas la conscience tranquille. Cette démarche bizarre traduisait forcément un malaise né de circonstances où il ne s'était pas senti en position de force. Au cours de sa carrière, un homme d'État commet des fautes plus ou moins graves qu'il tente d'effacer ou de dissimuler, afin qu'un passé accusateur ne lui saute au visage au moment où il ne s'y attend pas.

— Sir Balfour échappait-il à la règle ?

— Voilà la question que je me suis posée. Obtenir

communication de son dossier officiel ne fut pas très difficile : études brillantes à Oxford, famille très aisée, mariage brillant, promotions régulières, directeur des postes, homme politique, philatéliste hors pair. Trajectoire classique et parfaite, sans la moindre ombre au tableau.

— Enquête décevante, par conséquent.

— Au premier abord, oui ; même pas une petite traversée du désert. Aussi ai-je recherché d'éventuels conflits ; ils sont souvent les points d'émergence de drames obscurs.

— Cette fois, un succès.

— Lorsqu'il occupa son premier poste important, Sir Balfour fut secondé de deux directeurs-adjoints. L'un d'eux, un dénommé Harold Smith, fut brutalement révoqué. « Pour faciliter la réorganisation du service », précisa Sir Balfour lui-même. Je sais ce que cache ce genre de formule, dans un service officiel : une lutte à mort entre deux personnalités ayant la même ambition. Une situation banale, en vérité ; néanmoins, j'ai voulu savoir qui était cet Harold Smith. La direction de la poste m'a répondu que son dossier avait été transmis... au *Foreign Office*. Jugez de ma surprise ; comment cet ancien serviteur du courrier était-il devenu diplomate ? En réalité, l'affaire était plus complexe. Étant donné ma position, j'ai très vite obtenu toutes les pièces administratives concernant Harold Smith, du bordereau le plus réglementaire jusqu'aux notes confidentielles. Et je peux vous dire que ces documents éclairent la mort de Sir Balfour de manière tout à fait nouvelle !

— Je suis tout ouïe.

Passionné par son propre récit, Norman Reed perdait un peu de son flegme.

— Harold Smith devait être le bras droit de Sir Balfour, peut-être son ami, en tout cas un fidèle qui grimpait les échelons hiérarchiques à ses côtés. Fils d'ouvrier, il a bénéficié de bourses pour suivre ses études et n'a cessé de travailler d'arrache-pied afin d'occuper une fonction digne de ses qualités. Enfin rassuré sur son avenir, il s'est marié et a eu un fils. Et puis, soudain, le drame. La faute majeure, aberrante et impardonnable : Harold Smith, pour se faire davantage d'argent, a volé des planches de variétés, c'est-à-dire des blocs de timbres comportant de petits défauts et que l'administration a le devoir de détruire. Un devoir qu'elle oublie de temps à autre, puisqu'on retrouve ces variétés sur le marché de la philatélie. Un haut fonctionnaire pris la main dans le sac aurait dû aller en prison, si son ami, Sir Balfour, n'était intervenu en sa faveur.

— De quelle manière ?

— En le faisant sortir au plus vite du Royaume-Uni et en lui procurant un poste à l'étranger, où il se ferait oublier.

— Dans quel pays ?

— Un petit royaume perdu des Indes qui fut pendant quelques années sous domination britannique. L'un des coins les plus pourris et les plus humides de notre chère planète, où la simple quête de la nourriture est un exploit quotidien ; certains bagnes doivent être plus doux. Qu'il neige ou qu'il vente, la distribution et l'affranchissement du courrier devaient néanmoins être assurés par le titulaire du poste, Harold Smith. Belle abnégation, en vérité ; il a fait face et a tenu ses nouveaux engagements. Pas bien longtemps, il est vrai ; de santé plutôt fragile, il a enterré son épouse à la fin de sa première année de séjour dans cet enfer. Lui-même s'est éteint six mois plus tard, d'une pneumonie double. Comme les troupes britanniques se sont retirées de l'endroit pour raisons diplomatiques, le minuscule post-office, dépourvu de matériel et de confort, est resté définitivement fermé. L'Empire commençait à disparaître.

— Les corps de Harold Smith et de son épouse ont-ils été rapatriés ?

— Non, inspecteur ; des bandes armées, les unes hostiles aux Chinois, les autres favorables, se sont entre-déchirées dans cet endroit perdu auquel les autorités britanniques n'avaient plus accès.

— Est-on certain de leur décès ?

— Les actes officiels ont été établis.

— Supposez qu'ils aient été maquillés ?

— Harold Smith serait toujours vivant ? En ce cas, il aurait aujourd'hui soixante-quinze ans, et sa femme soixante et onze.

— Qu'est devenu son fils ?

— Aucune trace, lui aurait la cinquantaine. D'après une note confidentielle, il serait resté en Inde jusqu'à l'âge de vingt ans, en se noyant dans la population indigène ; il a réapparu sous la forme de cadavre, voici une quinzaine d'années. Sa dépouille fut incinérée ; pour ce cas-là, pas de certificat de décès. Désolante histoire, n'est-il pas vrai ? Harold Smith a payé bien cher une faute bénigne.

— Votre dossier mentionne-t-il d'autres membres de sa famille ?

— Non, elle se réduisait à sa femme et à son fils. Personne n'a tenté de réhabiliter la mémoire du malheureux Harold Smith.

— Beau travail, M. Reed.

— Je n'ai pas eu grand mérite ; il me suffisait de fouiller sous le toit de ma propre administration.

— Qu'en concluez-vous ?

— Supposez que le passé soit remonté à la surface et qu'une terrible menace ait pesé sur Sir Balfour.

— Soyez plus précis.

— Supposons que le fils de Harold Smith soit encore vivant ; n'aurait-il pas reproché à Sir Balfour de ne pas avoir aidé davantage son père ? Cette idée ne me satisfait guère, car pourquoi l'aristocrate serait-il venu me voir ? Supposons plutôt qu'un ami de la famille Smith ait recueilli des confidences ou des informations que nous ignorons. Cette personne a-t-elle tenté de faire chanter le philatéliste, l'a-t-elle menacé, une altercation s'est-elle terminée par un drame ? Je vous avoue que je suis un peu perdu dans ce labyrinthe.

— Il faudrait d'abord comprendre pourquoi Sir Balfour tenait à vous voir.

— C'est tout simple : il effectuait un premier pas pour me mettre sous sa coupe. Si j'avais été conciliant à propos des timbres, il m'aurait demandé d'enquêter à propos des relations de la famille Smith en Inde. Il lui fallait quelqu'un au *Foreign Office* pour obtenir des renseignements fiables. À mon avis, les timbres n'étaient qu'un prétexte ; le passé est la véritable cause de sa démarche.

— Votre raisonnement n'est-il pas quelque peu confus ?

— Si, je l'admets ; mais je suis persuadé d'avoir mis le doigt sur quelque chose d'important.

— Nous verrons.

Les deux hommes se dirigèrent vers la sortie du cimetière ; la grille leur barrait le passage.

— Êtes-vous sûr de pouvoir l'ouvrir, inspecteur ?

Utilisant un curieux objet que lui avait offert le meilleur perceur de coffres-forts du Royaume-Uni, lavé par Higgins d'une injuste accusation, l'ex-inspecteur-chef fit fonctionner le mécanisme de la serrure, puis repoussa la grille.

— Il faut parfois bien refermer les portes que l'on a ouvertes, M. Reed.

CHAPITRE XXV

Scott Marlow nettoya le cadre contenant le portrait de Sa Majesté Élisabeth II, dont le sourire, empreint d'une royale distinction, illuminait de dures journées consacrées au maintien de l'ordre et de la morale publique. Cette présence l'encourageait à poursuivre sa difficile mission ; mais de quelle manière, dans un bureau climatisé, aux fenêtres éternellement fermées, la poussière parvenait-elle à se déposer sur les sous-verre ?

Quand Higgins sortit de son mutisme, après avoir pris de nombreuses notes sur son carnet noir, Marlow lui servit un whisky écossais de bonne facture. Depuis la sortie du cimetière, et pendant le trajet jusqu'à Scotland Yard, l'ex-inspecteur-chef était demeuré silencieux ; le superintendant avait respecté cette méditation qui préludait probablement à d'importantes décisions.

— Les cimetières ne sont pas des endroits bavards, d'ordinaire, mais celui-là s'est montré de bonne composition.

— Qui vous avait fixé rendez-vous ?

— Norman Reed, le diplomate.

— Que vous a-t-il appris ?

— Il m'a parlé du passé de Sir Balfour, et surtout de la déchéance d'un de ses adjoints, Harold Smith, exilé en Inde pour avoir volé des timbres. Lui et son épouse sont morts de maladie et de misère, du moins d'après les documents officiels. Sir Balfour, en lui permettant de quitter l'Angleterre et d'obtenir ce poste, lui avait évité la prison et le déshonneur.

— Vous en doutez ?

— Par principe ; mais s'ils étaient encore vivants, M. et Mme Harold Smith auraient actuellement soixante-quinze et soixante et onze ans. Ce n'est le cas d'aucun de nos suspects.

— Pour être aussi sceptique que vous, êtes-vous sûr des dates ?

— Norman Reed m'a remis un double du dossier qu'il a établi ; vous vérifierez les dates et lieux, mais je ne pense pas que vous repérerez des inexactitudes.

— Je m'en occupe immédiatement.

Marlow décrocha son téléphone ; l'un de ses adjoints vint aussitôt prendre possession des documents.

— Les Smith avaient un fils, qui serait mort en Inde il y a une quinzaine d'années, reprit Higgins, mais la preuve de ce décès n'est pas formellement établie.

— Quel âge aurait-il, aujourd'hui ?

— Environ cinquante ans ; Norman Reed a émis l'hypothèse selon laquelle il serait encore vivant.

— Walter Telus, John Babwin, Lewis Arrow... et Norman Reed lui-même ! Les quatre ont la cinquantaine.

— En effet.

— Mais à quoi cela nous avance-t-il ? À supposer

que ce fils ait survécu, et qu'il ait pris une nouvelle identité, pourquoi aurait-il tué Sir Balfour ?

— Norman Reed a émis une autre hypothèse, qui paraît plus satisfaisante : un ou une amie des Smith serait réapparu pour lui parler du passé. Si cette personne, dont nous ne savons pas s'il s'agit d'un homme ou d'une femme, détient des informations inédites sur le sort des parents Smith ou de leur fils, son témoignage ne manquerait pas d'intérêt.

— D'intérêt pour qui, Higgins ? La fin de cette famille fut plutôt triste, j'en conviens, mais comment éclairerait-elle l'assassinat de Sir Balfour ? Norman Reed a joué les détectives amateurs, déterré une vieille histoire et cru trouver une piste. Il a cherché à nous éblouir.

— C'est bien possible.

— Sincèrement, Higgins, pensez-vous que ces investigations nous seront utiles ?

— Je l'ignore, superintendant.

— N'évoquiez-vous pas des chemins de traverse et des voies sans issue ? Il me vient une autre idée ; ce Norman Reed est-il un diplomate rusé ?

— Il ne manque ni de personnalité ni de perspicacité.

— En ce cas, ne déploierait-il pas un rideau de fumée pour protéger quelqu'un ? Son enquête fut vraiment très rapide, et il a amassé des documents en un temps record.

— Comme s'ils étaient déjà prêts ?

— Exactement.

— Nous voilà devant un fait bizarre, lié au passé de Sir Balfour, autrement dit un magnifique leurre destiné à nous faire oublier toutes les autres pistes.

— En ce cas, Norman Reed serait particulièrement astucieux.

— Du moins croyait-il l'être, puisque son montage est un échec.

— Et s'il avait simplement tenté de nous aider, sans y parvenir ? Ce diplomate, par nature, est plutôt curieux. Il a essayé d'y voir plus clair, en amenant les éléments à sa portée.

— Ne nous laissons pas abuser, Higgins, et ne nous laissons surtout pas entraîner là où nous ne voulons pas aller.

— Sage décision, mon cher Marlow.

— Ce crime est lié à la philatélie, et à rien d'autre ; c'est vous qui m'en avez convaincu.

— Je peux me tromper.

— Dans le cas présent, aucun risque.

— Avez-vous remarqué un rôdeur, près de l'entrée du cimetière ?

— Je n'ai remarqué que le gardien, lorsqu'il a fermé la grille.

— Norman Reed ne semble donc pas avoir été suivi.

— Le croiriez-vous menacé ?

— C'est lui qui tenait beaucoup à la discrétion de sa démarche.

— Je n'aime pas les diplomates, avoua le superintendant ; ils prennent plaisir à tout embrouiller et à rendre compliqué ce qui était simple ; la base même de leur métier n'est-il pas le mensonge ?

— Vous vous entendriez plutôt bien avec Norman Reed, superintendant ; il n'a pas une très haute idée de sa profession.

— Pourquoi ne démissionne-t-il pas ?

— Les habitudes, les avantages acquis, le conformisme, que sais-je encore ? On quitte rarement la carrière.

— J'aime encore moins ces gens-là ; pour eux, la vocation ne signifie plus rien.

— Ainsi va le monde qu'on dit moderne, mon cher Marlow.

— Parfois, je me demande si vous n'avez pas eu raison de prendre une retraite anticipée ; mais je ne céderai pas à la tentation.

— Je vous approuve ; le Yard et ce pays ont besoin d'homme de votre trempe.

Marlow savait que Higgins ne flattait jamais ses amis ; le compliment le toucha.

L'ex-inspecteur-chef jeta un œil au *Times* : Le Premier ministre, mis en minorité, avait réussi à redresser la situation en divisant ses adversaires ; le prochain voyage de la reine en Asie était détaillé ; un long documentaire de la politique étrangère britannique mêlait satisfecit et critiques. Higgins feuilleta le quotidien et s'arrêta sur la page consacrée aux spectacles :

— Les opéras de Mozart sont d'une importance capitale, remarqua-t-il ; on ne devrait jamais les perdre de vue lorsqu'on recherche une vérité.

— Sir Balfour était-il mélomane ?

— Lui, peut-être ; mais sa femme, certainement. Le soir de sa mort, elle écoutait *Cosi fan tutte*.

— C'est ce qu'elle nous a déclaré.

— Lady Almina a dû se tromper.

— Pourquoi ?

— Parce que, d'après l'article du *Times*, la représentation de mercredi dernier a été annulée à cause d'un refroidissement de la cantatrice qui chante le rôle de Fiordiligi. L'opéra sera redonné ce soir.

CHAPITRE XXVI

Le chauffeur de lady Almina, un solide gaillard d'une quarantaine d'années, lavait la Rolls-Royce de feu Sir Balfour. Il sifflotait, en utilisant de l'eau savonneuse et une éponge douce.

— Auriez-vous un moment ? demanda Higgins.

Le chauffeur se retourna, méfiant ; voir l'ex-inspecteur-chef et le superintendant ne le rassura pas.

— Ben... je suis plutôt occupé.

— Ce ne sera pas long.

L'homme posa son éponge sur le capot.

— Bon, d'accord.

— Mercredi dernier, vous avez conduit lady Almina à l'opéra.

— Oui, c'est ça, c'est bien ça.

— Savez-vous qu'un faux témoignage conduit son auteur en prison ?

— Faut pas exagérer... moi, j'ai dit comme la patronne. Et puis on est allé à Covent Garden, c'est vrai.

— Que s'est-il passé ?

— Il y avait un attroupement, les gens s'agressaient, la police tentait de les disperser ; je suis allé voir, j'ai appris que la représentation avait été annulée.

— Qu'a décidé lady Almina ?

— Elle est descendue de voiture et m'a demandé de rentrer seul.

— Sans vous dire où elle allait ?

— Ça ne me regardait pas.

— Cette réaction ne vous a-t-elle pas étonné ?

— Ce sont les affaires de madame, pas les miennes.

— Vous lui avez donc obéi ?

— Bien sûr. Je suis revenu à l'hôtel particulier, j'ai rentré la voiture au garage, et je suis allé me coucher.

— Pas d'autres souvenirs ?

— Je vous ai tout raconté. Dites, inspecteur... je n'aurai pas d'ennuis ? Je n'avais quand même pas à lancer des ragots sur madame. Puisque vous me l'avez demandé, c'est pas pareil.

Scott Marlow roula des yeux courroucés.

— Je veux bien passer l'éponge, mais ne recommencez pas.

***

Dans le grand salon de l'hôtel particulier des Pregforth, des voiles noirs couvraient deux grandes glaces décorées à la feuille d'or, et l'on avait ôté les fleurs des vases. La vaste demeure prenait le deuil.

Lady Almina, rêveuse, regardait le jardin. Sur la table basse, une édition ancienne du *Paradis perdu* de Milton. Higgins songea au délicat sonnet libre de la poétesse Harriett J.B. Harrenlittlewoodrof, promise au prix Nobel de littérature :

Femme abandonnée, aux mille vagues d'âme,
Sur les rives du temps en fuite,
Songe qui s'endort dans l'abîme
Où passent les ombres délaissées.

— Je vous écoute, messieurs.

— Notre tâche est délicate, dit Higgins, tandis que Marlow, affreusement gêné, cherchait une contenance. Le superintendant eût aimé que la veuve de Sir Balfour ne jouât aucun rôle dans ce crime. N'incarnait-elle pas toutes les vertus de la noblesse britannique ? Hélas, l'enquête la concernant prenait fort mauvaise tournure.

— Identifier un assassin ne doit pas être facile, j'en conviens.

— Nous aimerions revenir sur votre emploi du temps, le soir du crime.

— Vous le connaissez.

— Je crains que non.

Lady Almina garda les yeux fixés sur le jardin.

— Avant de vous rendre à Covent Garden, lady Almina, saviez-vous que la représentation de *Cosi fan tutte* avait été annulée ?

— Bien entendu. C'est pourquoi j'ai demandé à mon chauffeur de me conduire à Hyde Park.

— Pas à l'opéra ?

— Non, à Hyde Park.

— En êtes-vous bien sûre ?

— J'avais envie de marcher, seule, dans la nuit, pour faire le point avec moi-même et brasser des souvenirs. Je suis consciente de mon échec, inspecteur. La fortune, l'aisance, le renom... tout cela n'est pas le bonheur.

— Combien de temps a duré votre promenade ?

— Longtemps.

— Comment êtes-vous rentrée ?

— Mon chauffeur m'attendait.

— Avez-vous vu votre mari ?

— À partir de vingt heures, s'il n'avait pas une réception, il s'enfermait dans son bureau avec ses timbres chéris, sa seule passion. Même moi, je n'avais pas le droit de l'importuner sous aucun prétexte lorsqu'il s'occupait de ses collections. Je comptais moins qu'un timbre-poste.

— Lorsque vous vous êtes couchée, avez-vous regardé l'heure ?

— Le réveil marquait vingt-trois heures trente. Depuis quelques mois, je prends des somnifères ; j'ai hâte de sombrer dans le néant, d'oublier cet hôtel particulier, cette maudite fortune qui a réduit mon mari à l'état d'un objet parmi des objets. Êtes-vous collectionneur, inspecteur ?

— Quelques livres anciens destinés à la lecture.

— Surtout, ne changez pas ; contentez-vous de coller des timbres sur des enveloppes et de les oublier aussitôt. Parfois, je rêve que je forme un bûcher avec les timbres du monde entier et que j'y mets le feu, un feu joyeux qui consume ces maudits carrés de papier et emporte ma souffrance avec la fumée. Je hais moins la maîtresse de mon mari que ses timbres. La pauvre fille ne sait pas qu'elle n'est qu'une amusette passagère ; à l'instant même où elle se dressera contre un timbre rare pour affirmer sa propre valeur, Sir Balfour la balaiera de son existence !

— Sir Balfour est mort, rappela Higgins d'une voix douce.

Lady Almina continuait à contempler son jardin.

— Oui, inspecteur, il est mort, et c'est la philatélie qui l'a tué.

CHAPITRE XXVII

En sifflotant, le chauffeur s'attaquait à la vitre arrière. La Rolls-Royce avait retrouvé tout son éclat.

— Elle est belle, n'est-ce pas ?

— Certes, reconnut Higgins. Avez-vous une bonne mémoire ?

— Moi ?

— Si cette voiture pouvait me répondre, elle serait sans doute plus précise que vous.

— Nous voulons la vérité, exigea Marlow, le regard noir ; sinon, je vous arrête pour complicité de meurtre.

— Holà, holà ! J'ai tout dit, moi, et je ne suis pour rien dans toute cette histoire !

— Malheureusement, déplora Higgins, votre version des faits ne correspond pas à celle de lady Almina. Où l'avez-vous déposée, le soir du crime ?

— À Covent Garden, à l'heure prévue pour la représentation.

— Et vous êtes rentré seul ?

— Oui, c'est exact.

— Aucun détour par Hyde Park ?

— Hyde Park ? Non, vraiment non.

— Êtes-vous prêt à signer une déposition et prêterez-vous serment sur la Bible, lors du procès ? interrogea Marlow.

— Oui, sans hésiter.

Le chauffeur baissa les yeux et serra son éponge douce.

— D'accord, j'ai un peu menti pour protéger lady Almina. Nous, les domestiques, on l'aime bien, elle est hautaine et distante, mais généreuse. Personne n'a à s'en plaindre, comme patronne ; d'ailleurs, c'est elle qui tenait la maison ; lui ne s'occupait que de ses timbres. Moi, je ne suis que chauffeur ; j'ai emmené ma patronne à l'opéra, pas ailleurs, et je suis rentré seul.

⁂

Higgins n'avait pas souhaité interroger de nouveau lady Almina dans l'immédiat, et encore moins organiser une confrontation brutale avec son chauffeur. Scott Marlow n'avait pas insisté, estimant qu'une période d'incubation, même brève, ne serait pas inutile. L'aristocrate était trop intelligente pour ne pas comprendre que les deux policiers découvriraient vite la vérité. Il espérait qu'elle passerait aux aveux et que leur tâche s'en trouverait facilitée.

— Rendons-nous à l'évidence, Higgins ; non seulement lady Almina n'a aucun alibi pour l'heure du meurtre, mais encore elle s'acharne à mentir sur son emploi du temps.

— Exact, superintendant.

— Le chauffeur me paraît sincère.

— À moi aussi. Et lady Almina ?

— Elle a des accents de sincérité, c'est vrai... mais n'est-ce pas une excellente comédienne ?

— Je la crois malheureuse.

— Je savais que la philatélie était une passion dévorante mais pas au point de négliger une femme comme celle-là !

— Qu'auriez-vous fait à sa place ?

Scott Marlow sursauta.

— Pardon ?

— Vous aimez quelqu'un, ce quelqu'un collectionne des objets auxquels il donne toute son affection, et finit par vous oublier. Comment agiriez-vous ?

— Je détruirais ces objets.

— Réaction normale, superintendant.

— Vous voulez dire que lady Almina aurait dû détruire les collections de timbres et non tuer son mari ?

— Elle y a songé, c'est certain.

— Objection, Higgins : sir Balfour serait devenu fou furieux, et elle l'aurait perdu à jamais.

— Objection acceptée ; c'est pourquoi elle a renoncé à ce projet-là. Mais elle aimait son mari, elle était toujours prête à se sacrifier pour lui.

— En ce cas, nous retombons dans le cas du crime passionnel. Des timbres et une maîtresse jeune, c'en était trop pour lady Almina ; elle a préféré tuer son époux plutôt que de le voir s'éloigner définitivement et d'être davantage humiliée jour après jour.

Higgins enregistra les conclusions de Marlow sur son carnet noir.

— Ne faut-il pas se rendre à l'évidence, Higgins ? Les faits parlent contre elle. Elle savait que la représentation de l'opéra avait été annulée, mais a tenu à sortir de chez elle pour se donner un alibi que corroborerait le chauffeur.

— Je ne le pense pas ; ses mensonges successifs dénotent un manque de préméditation.

Marlow céda du terrain.

— Sur ce point, vous devez avoir raison. Admettons qu'elle ait été surprise par l'annulation du concert ; ce petit grain de sable a peut-être tout déclenché. Elle a renvoyé sa voiture, s'est promenée dans Londres, peut-être à Hyde Park, a fait le point avec elle-même, et a décidé de supprimer son mari afin de retrouver sa dignité. Un bon avocat insistera sur son désespoir, sur cette nouvelle soirée ratée et portera ce crime au compte de la jalousie. En évitant la préméditation, elle obtiendra la bienveillance du jury.

— L'accusation détruira aisément cette thèse.

— Comment ?

— En démontrant que Sir Balfour était menacé depuis plusieurs semaines et que, le jour de sa mort, il s'est beaucoup agité pour repousser et annuler le rendez-vous fatal. Sa mort était programmée, mon cher Marlow, et le crime tout à fait prémédité. Si lady Almina est reconnue coupable, elle n'évitera pas la peine la plus sévère.

— Par saint George, elle nous fait tourner en bourriques !

— Animaux utiles, obstinés et intelligents, nota Higgins ; tâchons de les imiter au mieux.

— Mais enfin, Higgins, mon hypothèse est solide !

— Elle l'est, mon cher Marlow ; en toute logique, c'est même elle qu'il faut privilégier. Par bonheur, les affaires criminelles sont parfois simples à résoudre.

— Pourquoi n'arrêtons-nous pas lady Almina ? Son mobile est évident, sa manière d'agir certaine ; à qui d'autre Sir Balfour aurait-il ouvert la porte de son bureau avec une totale confiance ?

— J'avoue être un peu perfectionniste, superintendant.

— Que vous faut-il de plus ?

— Éclaircir quelques points obscurs, à la périphérie du drame central.

— L'histoire de la famille Smith, je suppose ?

— Surtout le rôle du missionnaire.

— J'ai mon idée là-dessus.

— Laquelle ?

— Une seule personne nous a parlé de ce personnage : lady Almina elle-même.

— Fausse piste, d'après vous ?

— Sans aucun doute. Elle a tenté de nous égarer.

— Eh bien, lors de l'interrogatoire décisif, nous éclaircirons ce détail.

CHAPITRE XXVIII

Les services du superintendant travaillaient avec efficacité.

Sur son bureau, il trouva deux dossiers : le premier consacré à l'enquête mené par Norman Reed, le second à Dorothy Farin.

Marlow compulsa les documents avec intérêt.

— Norman Reed est un homme sérieux, constata-t-il ; toutes ses informations sont rigoureusement exactes.

— Aucune erreur ?

— Pas la moindre ; nous avons été incapables d'ajouter le plus petit élément. S'il quitte la carrière, je l'engage comme inspecteur-adjoint. Au moins, il saura rédiger correctement un rapport. Dorothy Farin, à présent...

— Quelques révélations significatives ?

— Je crains que non. Elle a vingt-cinq ans, a bien suivi des études pour devenir masseuse, soigne effectivement Sir Balfour depuis deux ans et un vieux lord depuis plus longtemps, jouit d'une excellente réputation, et n'a commis aucun délit, même mineur. Une jeune fille sage et courageuse, un vrai modèle de vertu.

— Oublieriez-vous ses trois petits amis ?

Scott Marlow fut quelque peu gêné.

— L'enquête de voisinage est ainsi traduite : « Entretient des relations régulières avec des jeunes gens corrects et discrets. » Au moins, elle ne fait pas d'esclandre.

— Famille ?

— Elle est bien célibataire, sans enfant. Ah... elle aussi porte le nom de sa mère.

— Celui de son père ?

— Chalmers.

— Bizarre.

— Une coquetterie.

— J'aimerais quand même vérifier ; la dernière coquetterie de ce genre nous a orientés sur le cas Kochir.

***

Malcolm Mac Cullough préparait un pudding mou à l'alcool de rose lorsque retentit la sonnette de sa porte d'entrée. Il repoussa un énorme pied de vase grec, enjamba une pile de dictionnaires d'archéologie, et se faufila entre deux rangées compactes de manuels d'égyptologie.

— Higgins et Marlow ! Vous arrivez juste à temps. Dans cinq minutes, mon nouveau pudding sera prêt. Vous ne l'oublierez pas de sitôt. Asseyez-vous et prenez un verre ; je dois retourner à mes fourneaux. L'instant est crucial.

Le commissaire-priseur vivait dans une villa peuplée de vases, de stèles, de statues et de milliers d'ouvrages d'érudition qu'il absorbait à une vitesse stupéfiante.

Qu'il s'agisse des bas-reliefs assyriens, des terres cuites alexandrines, des peintres de la renaissance italienne, aucune forme artistique n'avait de secret pour Mac Cullough, insatiable gourmand de beauté.

Il revint, porteur d'une chose funeste d'où émanait un parfum sucré et entêtant.

— J'ai peut-être un peu forcé sur l'alcool de rose, mais j'ai bien dosé le poivre vert, le cacao et le safran.

L'épreuve serait redoutable, la digestion douloureuse, mais la vérité était à ce prix.

— Alors, vieux forban ! Kochir ne t'a pas aidé ?

— Si, beaucoup. J'ai un autre nom à te proposer. Chalmers. Est-il lié à l'univers du timbre ?

— Chalmers, Chalmers... ça me dit quelque chose.

Dix minutes suffirent à Mac Cullough. Un pur arabica, d'excellente qualité, aidait à faire passer le pudding. Le commissaire-priseur avait effectivement forcé sur l'alcool de rose.

— Qui a-t-on tué, Higgins ? Tu as oublié de me le dire au téléphone.

— Sir Balfour Pregforth.

— Le *Times* a annoncé sa mort, hier ; on parle d'une crise cardiaque.

— Un démenti sera bientôt publié.

— Le plus grand philatéliste anglais, ami de Sa Majesté... vous devez être dans vos petits sabots, superintendant ! Encore un beau scandale en perspective.

— Nous tâcherons de l'éviter, promit Higgins, rassurant. Connaissais-tu Sir Balfour ?

— Un vrai fou de timbres ; il possédait le domaine mieux que quiconque. Mais un esprit plutôt chagrin ; en vente publique, je le sentais prêt à éliminer ses adversaires.

— Comme Walter Tellus ?

— Malgré ses kilos, il ne faisait pas le poids.

— Sir Balfour était-il capable de monter un complot pour l'écarter ?

— Un collectionneur passionné est capable de tout pour assouvir sa passion, et Sir Balfour plus que tout autre ! Aucun timbre exceptionnel ne devait lui échapper.

— Alors, ce Chalmers ?

— Tu as encore eu le nez creux, Higgins ; j'ai ici un article consacré à un James Chalmers, né à Arboath, en Écosse, le 2 février 1782, et mort à Dundee le 26 août 1853. Ce brave homme était libraire, éditeur et imprimeur ; c'est à lui qu'on doit un respectable journal, le *Dundee Chronicle*, qui eut son heure de gloire.

— De quelle manière est-il lié au timbre-poste ? questionna Marlow.

— J'y viens. Faire vivre un journal n'a jamais été facile ; les envois par la poste, notamment, coûtaient fort cher. Aussi notre James Chalmers chercha-t-il une solution pour les éviter et trouva-t-il une solution miracle : le slip.

— Pardon ?

— Oui, le slip, une vignette apposée sur du papier et dûment affranchie. C'est pourquoi Chalmers a écrit avec conviction que « le moyen le plus simple et le plus économique de réaliser la réforme sera l'emploi de slips ». Dès 1834, il mit sa théorie en application.

— Il est donc le véritable inventeur du timbre, constata Higgins, avant Kochir, qui précéda lui-même Sir Rowland Hill.

— C'est fort probable, puisque des exemplaires de son journal, porteurs de slip, ont été expédiés. Chalmers avait de l'avance, mais on ne l'a pas écouté en haut lieu. Hill a eu l'intelligence de commercialiser l'invention.

— Ne faudrait-il pas réécrire l'Histoire ?

— Dans ce domaine-là, comme dans tant d'autres, les réputations sont souvent usurpées ; quelques érudits courageux se battent pour rétablir la vérité ; mais ils se heurtent à l'indifférence et à l'hypocrisie. Ce pauvre Chalmers n'a guère de chances de refaire surface. Pourquoi t'intéresses-tu à lui ?

— Parce qu'il a peut-être inspiré un crime.

CHAPITRE XXIX

— Inspecteur Higgins ! Auriez-vous mal au dos ? interrogea Dorothy Farin en ouvrant sa porte.

— Malgré l'humidité, ma colonne vertébrale et mes genoux tiennent bon. Lorsque cette affaire sera terminée, peut-être ne refuserai-je pas un massage relaxant.

— Vous auriez tort de vous en priver ; si les gens se faisaient masser plus souvent, ils éviteraient quantité de maladies et prendraient moins de médicaments. Savez-vous que bien des troubles cardiaques sont déclenchés par la mauvaise position d'un disque intervertébral ? Hélas, la plupart des cardiologues eux-mêmes l'ignorent.

— Le vieil acupuncteur que je fréquentais, en Chine, prêtait grande attention au bon équilibre du dos.

— Je manque à tous mes devoirs en vous laissant sur le seuil ! Entrez, je vous prie.

— Je ne vous dérange pas ?

— Vous tombez bien : mon prochain client arrive dans un quart d'heure.

Dorothy Farin était vraiment charmante. Sa vivacité réjouissait l'œil, sa gaieté naturelle devait entraîner son entourage dans un enthousiasme juvénile. Son petit appartement était bien à son image ; malgré son caractère moderne et fonctionnel, on s'y sentait à l'aise. Higgins s'assit sur une chaise en métal argenté.

— Un jus de carotte ?

— Volontiers.

— À cette heure-ci, ça donne un coup de fouet. Vous pouvez être sûr de la qualité : elles proviennent du jardin familial et n'ont subi aucun traitement chimique. Si l'on continue comme aujourd'hui, la terre finira par mourir de leurs pesticides, et tout ça pour engraisser quelques milliardaires qui mourront intoxiqués sur leur tas d'or !

— Espérons que l'humanité prendra conscience de ses folies.

— Y croyez-vous encore ?.

— J'admets que la situation n'est pas fameuse et que l'horizon se rétrécit.

— Dès que possible, je quitterai Londres ; l'atmosphère des villes devient irrespirable. Où habitez-vous, inspecteur ?

— À la campagne.

— Ça ne m'étonne pas ; vous êtes un sage.

— N'exagérons rien.

— Votre collègue vous a abandonné ?

— Le superintendant Marlow est retenu par une réunion administrative.

— Ce ne doit pas toujours être drôle, la police.

— Pas toujours, en effet.

— Je suis sûre que vous ne vous laissez pas dicter votre conduite.

— Vous avez beaucoup d'intuition, mademoiselle.

Dorothy Farin n'avait pas surestimé la qualité de son jus de carotte ; l'ex-inspecteur-chef en apprécia la fraîcheur et le bouquet.

— J'ai parfois des intuitions, en massant les gens. Comme ils se détendent, ils relâchent leurs pensées ; un corps dénudé, sur une table, est sans défense ; parfois, je lis dans les consciences.

— Qu'avez-vous lu dans celle de Sir Balfour ?

— Au début, rien du tout ; cet homme-là était aussi imperméable qu'un roc. Pas un instant de relâchement, un contrôle de lui-même presque absolu, le flegme poussé à son maximum ; impressionnant, je vous assure ! Comme il a apprécié mes soins, il s'est montré un peu plus aimable, mais inutile d'attendre une confidence !

— Quel propos échangiez-vous ?

— Des banalités sur sa santé, qui était excellente.

— Rien sur les timbres ?

— À ses yeux, je n'avais aucune valeur dans ce domaine !

— Peut-être Sir Balfour se trompait-il ?

Dorothy Farin, légèrement troublée, se gratta l'aile du nez.

— Pourquoi dites-vous ça ? Je ne m'intéresse pas à la philatélie et je n'y connais rien.

— Quel secret vos mains ont-elles perçu en massant le dos de votre illustre patient ?

— Un secret... c'est beaucoup dire. Lui, en tout cas, en avait un ! Il se dissimulait derrière sa science et sa fortune mais, ces derniers mois, il avait peur. Les réactions de sa peau ne trompaient pas ; il était moins sûr de lui, il réagissait de manière plus nerveuse. Dans la belle façade de son existence réussie, des lézardes apparaissaient.

— N'avez-vous pas tenté d'en savoir davantage ?

— Si, bien sûr ! Je suis terriblement curieuse... parfois, j'aimerais être à votre place et pouvoir poser aux gens des milliers de questions. Quelles découvertes on doit faire !

— Elles sont souvent horribles, mademoiselle.

— Quand même... quelle existence passionnante !

— Sur ce fameux secret, rien de plus tangible ?

— Même le dernier jour, ce sinistre mercredi, il est resté sur la réserve. J'ai effacé sa fatigue, et l'ai remis en forme, voilà tout. Cet homme-là avait plusieurs visages, j'en suis sûre.

— C'est le cas de beaucoup d'êtres humains. Vous, par exemple.

— Moi ?

— Mais oui, mademoiselle. Vous n'êtes pas seulement une jolie femme toute simple, mais aussi une personne tourmentée, en quête d'idéal.

— Soigner, c'est vrai, mais...

— Pourquoi avoir rejeté le nom de votre père et adopté celui de votre mère ?

La colère envahit le visage mutin.

— Je ne l'ai pas rejeté !

— Pourquoi ce choix ?

— Parce que, parce que... je n'ai pas à vous le dire !

— Je crois l'avoir compris.

— Ça m'étonnerait !

— Vous êtes une Chalmers, descendante de l'éditeur et imprimeur James Chalmers, qui fut sans doute le véritable inventeur du timbre-poste.

Dorothy Farin se calma.

— Félicitations, inspecteur ; ainsi vous êtes remonté jusqu'au slip.

— L'enquête le justifiait, mademoiselle.

— Et quelles conclusions en tirez-vous ?

— Avec votre tempérament, vous supportez mal l'injustice. Vous militez dans le camp de Chalmers, Sir Balfour était le successeur de Rowland Hill, votre pire ennemi, l'homme dont vous désirez abattre la statue.

Dorothy Farin croisa les bras, bien campée sur ses jambes.

— Où cette belle découverte vous mène-t-elle ?

— Je ne sais pas encore. Mais n'avez-vous pas eu sous vos doigts l'individu que vous détestiez le plus au monde, celui qui s'opposait de toutes ses forces à la reconnaissance de l'œuvre de votre ancêtre, afin de maintenir l'autorité morale de Sir Rowland Hill sur l'univers du timbre-poste ?

— J'ai massé Sir Balfour, je ne l'ai pas tué. Croiriez-vous que cette querelle historique ait pu me conduire au meurtre ?

— Pourquoi pas, mademoiselle ?

CHAPITRE XXX

Le froid s'ajouta à la pluie. Londres adopta un air sinistre, non dépourvu d'élégance, qui laissait croire que le soleil n'avait jamais existé. Les hommes d'affaires, aussi gris et ternes que les politiciens, vaquaient à leurs occupations, comme si l'Empire n'avait pas changé. Bien sûr, ils se méfiaient des soubresauts du monde et ne sombraient pas dans la naïveté ; mais l'Angleterre serait à jamais l'île du centre du monde civilisé, dont la langue avait colonisé la planète. Personne n'oublierait que seules les troupes de Sa Majesté avaient sauvé l'avenir de la liberté, à l'heure où le nazisme semblait triompher et où tant de pays avaient renoncé à lutter ou s'adonnaient à la collaboration.

Higgins se promenait dans les rues humides, battues par le vent ; l'affaire Pregforth l'intriguait de plus en plus. En revenant à Scotland Yard, il comptait sur la marche à pied pour clarifier ses idées et dissiper les ténèbres de l'enquête. L'entreprise ne fut pas couronnée d'un grand succès ; certes, l'ex-inspecteur-chef avait mis en place un certain nombre de pièces du puzzle, mais il ne percevait pas encore le visage qu'il devait reconstituer. L'échec, à dire vrai, demeurait possible ; par moments, Higgins pressentait la présence d'un assassin redoutable, d'une intelligence hors du commun ; à d'autres, il se demandait si un surprenant enchaînement de circonstances n'était pas la cause du drame.

Victoire et défaite étaient deux menteuses, charriant une semblable vanité dont tout enquêteur devait se défier ; le goût de la vérité, seul guide éternel, se nourrissait d'une obstination lucide, au-delà des échecs et des succès temporaires. Dans le duel qui les opposait, l'assassin avait gagné plusieurs assauts contre l'ex-inspecteur-chef, et se croyait peut-être hors d'atteinte.

Ce serait son erreur.

*
**

— Visite utile, Higgins ?

— Dorothy Farin a tenu bon.

— Reconnaît-elle les faits ?

— Elle ne nie pas être la descendante de James Chalmers, mais n'admet pas pour autant avoir eu l'intention de supprimer Sir Balfour.

— Désirait-elle bien réhabiliter la mémoire de son ancêtre ?

— Certes, mais sans savoir comment s'y prendre. Elle ne se faisait aucune illusion ; Chalmers demeurera un inconnu et l'on continuera à célébrer Sir Rowland Hill comme l'inventeur du timbre-poste.

— Cela ne ressemble guère au caractère de cette jeune personne.

— C'est bien mon avis ; je la vois mal renoncer à un combat, fût-il perdu d'avance.

— Une nouvelle suspecte, autrement dit.

— Elle a le même mobile que Samantha Witchcroft : éliminer le principal obstacle à la reconnaissance du génie de leurs aïeux, à savoir Sir Balfour.

— Ce n'est pas très sérieux, Higgins.

— En philatélie, mon cher Marlow, le moindre détail compte.

— Tout de même... on n'égorge pas un aristocrate pour une querelle de cet ordre !

— Détrompez-vous. Renverser Sir Rowland Hill de son piédestal contraindrait l'*establishment* à une déchirante révision historique ; et l'Histoire, superintendant, c'est un peu de notre chair.

— Pardonnez-moi cette insinuation, Higgins... mais ne chercheriez-vous pas, peu ou prou, à protéger lady Almina ?

Marlow avait longtemps hésité avant de porter cette attaque, mais il voulait en avoir le cœur net.

— Ai-je déjà cédé à ce genre de faiblesse ?

— Non, bien sûr, mais...

— Je continue à m'interroger, superintendant.

— Parce que la solution vous paraît trop simple, n'est-ce pas ? Ma conviction est faite ; il faut écarter le secondaire et ne garder que l'essentiel. À mon grand dam, la culpabilité de lady Almina est certaine.

Le téléphone sonna ; Marlow décrocha.

— Oui, c'est moi... Oui ?... vous êtes sûr ? Quand... Ne touchez à rien, j'arrive tout de suite.

Le superintendant raccrocha, décontenancé.

— Étrange, vraiment étrange... on a cambriolé le bureau de Sir Balfour !

⁂

Très digne, suprêmement élégante dans sa robe noire d'une émouvante simplicité, lady Almina accueillit elle-même les deux policiers.

— Je suis bouleversée, dit-elle. Venez voir.

Le spectacle était désolant.

Le cambrioleur avait sorti des bibliothèques de nombreux albums contenant des timbres rares, étalés sur la moquette ; les tiroirs du bureau, vidés de leur contenu, pendaient lamentablement. Éparpillées, des centaines de belles pièces. Le buste de Rowland Hill avait été renversé et brisé en plusieurs morceaux. Seule la pendule en argent n'avait pas souffert du passage de l'intrus.

— Personne n'est entré ? demanda Marlow.

— Personne... j'ai ouvert la porte du bureau, ce matin, et j'ai été épouvantée ! C'est pourquoi, je vous ai appelé immédiatement.

— Quelqu'un a-t-il entendu du bruit, cette nuit ?

— J'ai interrogé le maître d'hôtel et le chauffeur ; leur réponse fut négative.

— Et vous-même ?

— Hier soir, j'ai pris un somnifère ; mon sommeil fut très pesant.

— Êtes-vous la première à avoir ouvert cette porte ?

— La seule. J'ai interdit aux domestiques de pénétrer dans cette pièce où mon mari est mort.

Higgins s'aventura dans le bureau, évitant de marcher sur un timbre ; il parvint à la fenêtre, s'étant déplacé comme un chat, et l'examina attentivement.

— Le cambrioleur est passé par là ; il n'a pas réussi à refermer la fenêtre en descendant vers le jardin d'où il était venu.

— Je fais rechercher des empreintes de pied,

déclara Marlow ; le coupable de ce larcin s'est sans doute trahi.

Higgins contempla le désolant spectacle.

— Êtes-vous capable, lady Almina, de savoir ce qui a été volé ?

— Non, inspecteur. Seul Sir Balfour...

Un voile de tristesse obscurcit le regard de l'aristocrate.

— Je rangerai ces timbres un à un, promit-elle, la voix cassée.

CHAPITRE XXXI

— Les empreintes du jardinier, du chauffeur, du maître d'hôtel, de lady Almina et de bottes inconnues ! Ça ne nous mène à rien, se plaignit Marlow.

— Votre équipe a-t-elle trouvé un indice ?

— Pas le moindre ; le cambrioleur fut prudent et habile.

— Pourquoi s'agirait-il d'un homme ?

— Une femme... j'aurais dû y penser !

— Je n'affirme rien, superintendant.

— Une femme rapide, un peu acrobate, capable de grimper le long d'une gouttière, de ne faire aucun bruit et de repartir par la même voie...

— Songeriez-vous à Dorothy Farin ?

— Elle me paraît toute désignée.

— Conclusion trop hâtive, me semble-t-il.

— Vous avez raison, je m'égare ; nous n'avons aucun début de preuve contre elle. Mais ce vol n'a aucun sens !

— S'il a bien eu lieu, ce dont nous ne sommes pas sûrs, il en a forcément un que nous sommes encore incapables de comprendre.

— Que cherchait-on, sinon un timbre rare ?

— C'est le plus probable, en effet, mais ne serions-nous pas aveuglés ?

— Que pouvait-on convoiter d'autre ?

— Je l'ignore.

— Acceptez-vous de placer lady Almina devant ses responsabilités ?

— Dès qu'elle aura terminé son travail.

*
**

Le brouillard était revenu, dense, insistant ; seuls émergeaient les toits des hôtels particuliers, vigies immobiles dans un océan blanchâtre. Lady Almina ferma les rideaux et alluma la lumière.

— Voilà, messieurs ; tout est en ordre.

— Qu'avez-vous constaté ? demanda Higgins.

— À première vue, il ne manque aucun timbre très rare ; chacun a repris sa place, dans les classeurs. Mais mon témoignage n'est que celui d'un profane.

— Est-ce le premier cambriolage dont vous êtes victime ?

— Oui, et il me touche beaucoup. C'est comme... comme un viol.

— Le cambriolage est un acte vil et lâche, vous avez raison ; de plus, le coupable a pris des risques.

— Existe-t-il un lien avec l'assassinat de mon mari ?

— Comment en serait-il autrement, lady Almina ?

Elle se concentra, observant ses mains jointes.

— Tout ceci n'a de sens, inspecteur, que si l'on a tué mon mari pour lui dérober l'un de ses trésors. Sir Balfour s'est défendu, son agresseur l'a égorgé, sans avoir obtenu ce qu'il désirait ; c'est pourquoi il est revenu une seconde fois. C'est pourquoi il reviendra encore.

— S'il commet cette faute, intervint Scott Marlow, nous l'arrêterons ; je place votre demeure sous une surveillance discrète, mais efficace.

— Mon mari est peut-être mort à cause de sa passion. Si l'un de ses timbres est la cause de cet horrible drame, comment continuer à vivre sous ce toit ?

Le superintendant fixa la pointe de ses chaussures.

— Lady Almina, malgré la nouvelle épreuve que vous venez de subir, il est un sujet que nous devons aborder.

— Je vous en prie, superintendant.

— Eh bien...

Higgins vint au secours de son collègue.

— Nous avons interrogé votre chauffeur à deux reprises.

— C'est votre droit.

— Je suppose que vous comprendrez notre étonnement.

— Aurait-il refusé de vous répondre ?

— Sa version des faits ne coïncide pas avec la vôtre.

— Un simple détail, sans doute ?

— Vous savez bien que non.

— Que prétend-il ?

— Qu'il vous a déposé à Covent Garden, et qu'il est revenu ici, seul. Jamais il ne vous a emmenée à Hyde Park. Une première fois, il a tenté de dissimuler la vérité, afin de vous aider ; mais il n'a pu continuer à mentir.

— En êtes-vous si sûr ?

— Maintenez-vous vos déclarations, lady Almina ?

— Je vous laisse le choix, inspecteur ; qui a menti, mon chauffeur ou moi-même ?

— Supposons que, sans être vue, vous soyez rentrée chez vous entre vingt heures et vingt-trois heures.

— Ce n'est pas ce que je vous ai dit, inspecteur ; quand je suis effectivement rentrée, mon mari avait été assassiné.

— Votre position devient très délicate, milady.

— Ce n'est pas mon opinion. Peut-être mon chauffeur m'a-t-il déposée à Covent Garden ; ensuite, j'ai bien marché jusqu'à Hyde Park et, au terme d'une longue promenade, j'ai repris le chemin de Mayfair.

— Une nouvelle contradiction.

— Il faut me comprendre, inspecteur ; la mort de mon mari m'a troublé l'esprit. Je confonds les lieux et les heures, mes pensées se mélangent, je perds le fil de mes idées. Ce que vous prenez pour des mensonges n'est que de la confusion. Seriez-vous assez cruel pour me la reprocher, après la tragédie que je viens de vivre ?

Lady Almina affronta le regard de Higgins.

— Le serez-vous, inspecteur ?

⁂

Marlow fulminait.

— Je sais, je sais ! J'aurais dû vous soutenir, Higgins, et procéder à son arrestation. Mais elle avait l'air si sincère, si émue... j'ai oublié ses mensonges.

— Et si elle disait vrai !

— Mais enfin, Higgins ! Comment pouvez-vous encore lui faire confiance ? Ses déclarations ne cessent de varier.

— Du grand art ou la simple vérité ? Voilà ce qu'il nous faudra établir, mon cher Marlow.

— En bourriques... elle nous fait tourner en bourriques !

— Nous sortirons de ce manège-là.

— Le plus tôt serait le mieux !

— Un peu de patience, superintendant.

Une bourrasque chassa le brouillard ; la visibilité devint meilleure.

— Inspectons une fois encore le jardin, proposa Higgins.

— Mes hommes l'ont ratissé.

— Je n'en doute pas ; ce n'est que le sol que je désire examiner.

Higgins longea la haie de thuyas qui fermait le jardin et isolait la propriété des Pregforth. Il écarta les branches et fouilla chaque arbre.

— Que pensez-vous de ceci ? demanda-t-il à Marlow en lui montrant un morceau de papier argenté, retenu par une branchiole.

L'ex-inspecteur-chef saisit l'indice entre le pouce et l'index.

— Un emballage ?

— Exactement, superintendant ; grâce à cette petite inscription, en bas à droite, nous pouvons même préciser : un emballage de chocolat suisse.

CHAPITRE XXXII

Walter Tellus terminait un boudin blanc aux pommes lorsque Marlow et Higgins entrèrent dans son salon particulier du Ritz.

— Alors, messieurs ! L'assassin de mon vieil ennemi est-il sous les verrous ?

— Pas encore, répondit Marlow, mais cela ne saurait tarder.

— Ah, superintendant ! Quand on ne sait plus où donner de la tête, on vient voir Walter Tellus et on lui demande la lune ! J'ai l'habitude, notez, et je suis toujours prêt à rendre service.

Le gros homme continuait à lutter contre la grisaille londonienne grâce à un pantalon orange et à une chemise rose ; sa cravate, dont le motif central était un perroquet aux plumes multicolores, ne déparait pas l'ensemble.

— Comme dessert, nous aurons une île flottante ; avec un petit rhum des Antilles, le palais se croit au septième ciel ! Si je m'offre cette petite faveur, c'est à cause d'une belle joie qui va bientôt m'être offerte : l'occasion d'acquérir un *Black Penny* rarissime... et sans avoir Sir Balfour sur le dos ! Imaginez, messieurs : les deux lettres de coin supérieurs, V et R, autrement dit Victoria Regina, la reine Victoria ! Ce timbre n'a servi qu'un seul jour, le 7 mai 1840, et il n'a été collé que sur trois circulaires officielles. Je sais bien qu'on a exhumé une feuille de deux cent quarante exemplaires en juillet 1905, mais ils ne circulent presque jamais sur le marché.

— Disposerez-vous des finances nécessaires ? s'enquit Higgins.

— J'ai encore quelques placements fructueux... et qui laisserait passer une telle merveille ? Je suis même sur une autre piste, plus fabuleuse encore : l'enveloppe la plus rare du monde, parce qu'elle comporte le fameux *Black Penny* oblitéré le 2 mai 1840, quatre jours avant la date officielle d'utilisation réelle des timbres.

— Les premiers timbres n'ont-ils pas été mis en vente le 1er mai ?

— Certes, mais le public ne pouvait légalement s'en servir que le 6 mai. Cette enveloppe est la seule connue à ce jour ; un philatéliste français fixe sa valeur à un milliard quatre cents millions de francs. Fascinant, non ?

— Où trouverez-vous cette somme ?

— Faites confiance à Walter Tellus ; ce n'est pas une faillite qui l'arrêtera. Puisque mon mauvais génie a disparu, la chance va revenir.

— Vous vous réjouissez vraiment beaucoup de la mort de Sir Balfour, observa Marlow.

— Chaque jour davantage, superintendant ! Pour moi, c'est une libération ; j'ai enfin de l'appétit.

Marlow aurait dû repousser toute tentative, mais l'île flottait avec tant de séduction qu'il n'y résista pas.

— Connaissiez-vous l'adresse de Sir Balfour ? interrogea Higgins.

— Oui, c'est dans Mayfair. Un bel hôtel particulier.

— Êtes-vous allé chez lui ?

— Moi, chez Balfour Pregforth ? Vous divaguez ! Il m'aurait accueilli à coups de fusil.

— Identifiez-vous ceci ?

Higgins posa sur la table le fragment de papier argenté. L'examen de Walter Tellus fut très bref.

— Sans aucune peine ! C'est un morceau d'emballage d'un de mes chocolats noirs, êtes-vous amateur ?

— À l'occasion.

— Je vous en procurerai quelques dizaines de tablettes, par amitié ; mais pourquoi me montrez-vous ça ?

— Parce que le superintendant et moi-même avons découvert ce modeste indice dans la haie de thuyas qui clôt la propriété de Sir Balfour.

— Ça m'étonnerait qu'il mange mon chocolat ! Il attraperait de l'urticaire.

— Le problème ne se pose plus, remarqua Marlow.

— C'est vrai, et tant mieux ! la mort ne commet pas que des injustices.

— Vous seriez-vous promené récemment dans le jardin des Pregforth ? demanda Higgins.

— Je ne quitte pas ce quartier. Mais dites-moi...

— Je vous écoute, M. Tellus.

— Ne tenteriez-vous pas de m'accuser d'assassinat ? Absence d'alibi, un indice prouvant que je suis allé chez Sir Balfour, ma satisfaction de le voir mort... c'est bien votre stratégie, inspecteur !

— C'est l'une des hypothèses intéressantes.

— Oubliez-la.

— Donnez-moi une bonne raison.

— Regardez-moi : ai-je un visage de criminel ?

— À la fin du tome II de son *Manuel de criminologie*, M. B. Masters a tenté d'établir une classification des visages d'assassin et de repérer des caractéristiques constantes. Malgré l'abondance des cas traités, il n'y est pas parvenu. Le crime peut prendre tous les visages et tous les âges de l'espèce humaine. Les « sales têtes », comme on dit, ne sont même pas les plus nombreuses.

— Je n'avais aucun intérêt à tuer Sir Balfour.

— Vos déclarations tendent à démontrer le contraire.

— Mais non... je ne désespérais pas de le contrer, et même de le battre lors d'une prochaine vente aux enchères à Genève. Je lui aurais raflé le missionnaire sous le nez.

Marlow sursauta.

— Quel nom avez-vous prononcé ?

— Le missionnaire, un timbre rare de Hawaï, les anciennes îles Sandwich.

— Curieuse appellation, observa Higgins.

— On appelle ainsi ce type de timbre, expliqua Tellus, parce qu'il fut découvert au siège des commissions de gestion des missions à l'étranger, basé à Boston. Certains missionnaires sont très rares, car ils ont été imprimés sur du papier mince et cassant ; je ne désespère pas de dénicher un *Two cents*, dont on ne connaît que trois exemplaires en bon état.

— Une vente à Genève, disiez-vous ?

— Dans une quinzaine de jours.

— Vous lutterez donc pour l'obtention d'un missionnaire.

— Le combat perd de son sel, en l'absence de Sir Balfour ; j'en viendrais presque à le regretter.
— Qui savait que ces timbres allaient circuler ?
— Uniquement de bons spécialistes.
— Existe-t-il d'autres concurrents sérieux ?
— Soyons honnêtes, inspecteur : je n'ai presque aucune chance d'acquérir le missionnaire. Mes fonds ne sont pas encore assez importants.

CHAPITRE XXXIII

— Missionnaires, missionnaires... c'est bien ça ! s'exclama Malcolm Mac Cullough. Le propriétaire du journal *The Honolulu Advertiser* fut le créateur du timbre-poste à Hawaï, dont les plus beaux fleurons furent effectivement les missionnaires.

— Parfait, dit Higgins. Des pièces rares ?

— Oui, car fragiles ; elles ont même déclenché des passions.

— De quel ordre ?

— Un crime, notamment. En 1892, à Paris, un certain Hector Frious tua son ami Fernand Leroux pour lui voler son missionnaire. Étonnant, non ?

— Étonnant et inquiétant.

— Un collectionneur ne recule devant rien, lorsqu'une pièce convoitée depuis des années se trouve à portée de sa main. Autre chose... les missionnaires comptent au nombre des timbres les plus souvent imités. Périodiquement, des faux sont mis en vente sur le marché.

— Comment les reconnaître ?

— La gravure, beaucoup trop soignée par les faussaires contemporains, et la qualité du papier, bien meilleure que celle des missionnaires d'origine. Les non-initiés se font piéger.

***

Marlow était de méchante humeur. La vieille Bentley, enrhumée et bronchitique, avait refusé de s'aventurer dans les rues malsaines de la capitale. Le garagiste avait promis d'intervenir d'urgence, dans une dizaine de jours, sauf contretemps. Comme la moitié des voitures de service était en panne, et l'autre moitié en révision, il avait fallu se rabattre sur un taxi. En raison d'une grève, aucun véhicule n'avait consenti à se rendre au Yard ; l'indépendance des citoyens n'était pas un vain mot. Restait la marche à pied, exercice qu'appréciait fort peu le superintendant ; Higgins, en revanche, savait que ses genoux s'en satisferaient.

— Nous avions la criminelle idéale, grommela Marlow ; mobile, circonstances, faux témoignage... trop beau pour être vrai ! Et maintenant, ce Walter Tellus. Un superbe tableau, pour lui aussi : pas d'alibi, une vengeance remâchée depuis longtemps, une revanche en perspective, et un missionnaire en prime ! Difficile d'arrêter lady Almina et Walter Tellus en les accusant du même crime.

— Complicité ?

— Ne rêvons pas, Higgins ! Ils n'ont vraiment rien en commun.

— Supposez que lady Almina ait conçu le projet de se débarrasser de son mari. Une femme aussi intelligente ne prendrait pas le risque de se compromettre elle-même ; il lui fallait donc un allié. Lequel eût été plus efficace que Tellus, le pire ennemi de Sir Balfour ?

— Séduisant.

— Séduisant, mais peu convaincant. C'est lady Almina elle-même qui nous a parlé du missionnaire, dont elle semblait d'ailleurs ignorer la véritable nature ; Tellus l'a cité spontanément. Deux complices seraient-ils assez maladroits pour attirer ainsi l'attention sur eux ?

— Peu probable, en effet. Mais le papier argenté ne prouve-t-il pas que Walter Tellus s'est rendu chez les Pregforth soit pour tuer Sir Balfour, soit pour rendre visite à lady Almina, soit pour cambrioler ?

— Soit pour ces trois raisons.

— Vous le soupçonnez, n'est-ce pas ?

— Au même titre que les autres.

— Les nuages noirs s'accumulent au-dessus de sa tête.

— Il ne semble pas s'en inquiéter.

— Il est suffisant et plein de lui-même, estima Marlow et j'aurai une certaine satisfaction à l'envoyer derrière les verrous, s'il est coupable ; mais tout de même... le système de défense de lady Almina est d'une rare faiblesse.

— Vous pouvez le qualifier d'inexistant.

— Ne nous aurait-elle pas lancé sur la piste du missionnaire pour se dédouaner et faire accuser Tellus ? N'aurait-elle pas placé ce morceau de papier argenté dans sa haie afin d'accréditer l'idée de sa culpabilité ?

— J'apprécie beaucoup votre démarche, mon cher Marlow ; depuis le début de cette enquête, en effet, quelqu'un cherche à nous lancer sur des pistes plus ou moins fausses.

— Qui, Higgins ?

— Le voile se soulève à peine ; aucune conclusion

hâtive ne doit nous obstruer la vue. Avez-vous reçu l'ensemble des dossiers que vous aviez demandés ?

— Oui, mais rien de passionnant.

— Tellus ?

— Chocolatier milliardaire, philatéliste enragé, ruiné à la suite de son achat d'un faux timbre, survit grâce aux restes de son empire, bâtit de nouvelles sociétés... Il n'a pas menti.

— Norman Reed ?

— Le parfait haut fonctionnaire. Famille bourgeoise, études correctes, diplômes de langues étrangères, brillant à l'université, concours pour entrer au *Foreign Office*, conseiller culturel, carrière sans histoire.

— Laetitia Blackwell ?

— Ancienne danseuse, goûts de luxe, très casanière, pas d'autre amant que Sir Balfour.

— Lewis Arrow ?

— Lui, sa carrière est plutôt tortueuse ! Employé de banque, instituteur auxiliaire, grossiste en papeterie, rédacteur dans une revue d'histoire ancienne, puis expert en philatélie. Considéré comme sérieux, grâce à ses relations dans l'*establishment*.

— John Babwin ?

— Éditeur de catalogues, bien connu sur la place. Il n'est pas le plus important, loin de là, mais c'est lui qui fait le plus de bruit. À l'entendre, le *Babwin* est plus important que la Bible.

— Pour évaluer le prix d'un timbre, c'est sans doute exact.

— Quelques ennuis avec le fisc, ces dernières années.

— Graves ?

— Pas trop. Babwin aime jongler avec les chiffres ; il triche jusqu'aux frontières de l'illégalité. Un petit qui se prend pour un gros, mais qui restera petit.

— En conclusion, seules Dorothy Farin et Samantha Witchcroft tentaient de dissimuler le nom d'aïeux méconnus, qui avaient joué un rôle essentiel dans l'invention du timbre.

— Exact ; mais pourquoi attacher tant d'importance à ce détail ?

— Parce que la philatélie semble au cœur de cette affaire.

— Et si c'était l'une des fausses pistes que vous évoquiez ?

— Ce scepticisme vous honore, superintendant.

***

Fleet Street était aussi encombrée qu'à l'ordinaire. Deux camionneurs qui avaient embouti leurs ailes s'apostrophaient vertement devant un public de plus en plus nombreux.

Adossé contre la façade de l'immeuble moderne où travaillait Babwin, le clochard regardait une planche de timbres.

— Comment allez-vous ? demanda Higgins.

— Toujours dans le noir ?

— M. Babwin nous intéresse.

— Le gars des catalogues... il est drôlement agité ces temps-ci. D'ordinaire, c'est pas un modèle de calme, mais là... il me faut tourner la tête. Qu'est-ce qu'il jette comme timbres dans ses poubelles ! Tenez ceux-là, ils sont moches, mais rigolos.

— Je peux voir ?

— Allez-y.

Higgins se félicita de cette rencontre.

— Je vous achète ce bloc de quatre. Vingt livres ?

— Ah ben ça, si je m'attendais... Vingt livres, c'est du vol. Trois, et n'en parlons plus.

— En voilà trente ; la vérité n'a pas de prix.

CHAPITRE XXXIV

Babwin décrocha le combiné, ouvrit un dossier, poussa une pile de documents, jeta un papier froissé dans sa corbeille et mâcha son stylo.

— Je suis à vous, messieurs, tout de suite... allô ? Non, ce n'est pas moi et je ne suis pas là... demain, on verra.

L'éditeur raccrocha, alluma sa lampe de bureau et avala un verre de lait.

— Je veux bien aider le Yard, mais je suis vraiment très occupé.

— N'y aurait-il pas un bureau vide ? demanda Higgins.

— Si, celui d'un de mes rédacteurs qui souffre d'une grippe, mais...

— Allons-y.

Le téléphone sonna ; Babwin tendit la main.

— Ne répondez pas, ordonna Higgins ; nous devons parler tranquillement.

— Mais, en affaires...

— La nôtre est une affaire criminelle.

— Bon, comme vous voudrez.

Les trois hommes s'installèrent dans un petit bureau

sans fenêtre, rempli de revues de philatélie. Marlow décrocha le téléphone et ferma la porte. Babwin parut mal à l'aise.

— Je déteste être enfermé comme ça... qu'est-ce que ça signifie ?

— Connaissez-vous le missionnaire, M. Babwin ?

— Non, non... je ne fréquente pas les gens d'Église.

— Se moquer de Scotland Yard est un délit, précisa Scott Marlow.

— Loin de moi...

— Je repose ma question, dit Higgins, sévère.

— Missionnaire, missionnaire, il y a bien un timbre de Norvège qui s'appelle ainsi...

— Pas de Norvège, mais de Hawaï.

— Oui, d'accord.

— Une rareté ?

— C'est bien possible.

— Une grande rareté ?

— On n'en voit pas tous les jours, c'est certain.

— J'ai donc eu de la chance. En voici quatre, en parfait état.

Higgins exhiba le bloc acheté au clochard.

— Ils n'ont qu'un petit défaut, mais assez gênant : ils sont faux.

— Ah ? Regrettable, en effet.

— D'autant plus regrettable qu'ils proviennent de votre corbeille à papier.

La tête lunaire de l'éditeur se figea.

— C'est peu probable, inspecteur.

— J'en ai la certitude, M. Babwin.

— La certitude... ou la preuve formelle ?

— Vos explications ?

— Je n'en ai pas, car je conteste votre affirmation.

Je suis éditeur de catalogues de philatélie, pas fabricant de faux timbres !

— Cette pénible découverte tendrait à démontrer le contraire.

— Vous portez atteinte à ma réputation !

— J'ai un témoin, M. Babwin.

L'éditeur chercha désespérément un objet auquel se raccrocher ; hors de son bureau, privé de ses repères habituels, il semblait perdu.

— Un témoin, ce n'est pas possible... et témoin de quoi ?

— Du fait que ce bloc de faux missionnaires provient d'une de vos corbeilles.

— Admettons, admettons... c'est une machination pour me détruire !

Higgins consulta son carnet noir.

— Je ne crois pas.

— Comment, vous ne croyez pas ? Pourquoi vous acharnez-vous sur un honnête commerçant ?

— Parce qu'il n'est pas très honnête, précisément.

Enflammé, rougeaud, le poitrail gonflé à la manière d'un orang-outang en colère, John Babwin brandit le poing.

— Je vous poursuivrai en justice !

— Pourquoi vous être débarrassé de ces faux missionnaires ? Parce que l'imitation était vraiment trop grossière. Vous préparez une meilleure émission, afin de pouvoir abuser les amateurs.

— Prenez garde, vous allez beaucoup trop loin !

— Un second témoin prouvera que vous lui vendiez de faux timbres.

— Holà, combien de types de ce genre allez-vous me sortir ? Je parie qu'il s'agit d'un de ces passionnés capables de dépenser tout leur avoir dans l'achat d'une pseudo-merveille, mais dépourvus de toute connaissance philatélique ! Impossible de les raisonner. Moi-même, comme d'autres professionnels, nous tentons de les éclairer, de les mettre en garde, mais en pure perte. Ils croient, à chaque fois, réaliser l'affaire du siècle ! Qu'y pouvons-nous ?

— Pourquoi prépariez-vous une imitation de missionnaires ?

— C'est faux !

— Lady Almina fut la première à prononcer ce terme ; ce « missionnaire » tracassait beaucoup son mari, ces derniers temps. Il est donc en relation directe avec le meurtre.

John Babwin passa la main dans ses cheveux noirs, afin de bien les plaquer sur son crâne.

— Dans quelques jours aura lieu une importante vente aux enchères, en Suisse ; vous ne l'ignorez pas, je suppose ?

— Non, bien sûr que non, marmonna l'éditeur.

— Les initiés savent déjà quelle en sera la vedette ; vous en faites partie, n'est-ce pas ?

— Pas toujours.

— Et cette fois, M. Babwin ?

— Pas cette fois.

— Surprenant... Cette vedette sera précisément un missionnaire. Étrange coïncidence, non ?

— Il y en a beaucoup, en philatélie.

— Quand avez-vous parlé du missionnaire avec lady Almina ?

John Babwin ouvrit des yeux ronds.

— Mais... jamais !

— Donnez-moi l'un de vos catalogues, je vous prie.

John Babwin en prit un sur une étagère et le remit à l'ex-inspecteur-chef.

— De quelle réputation jouit votre publication ?

— D'un très grand sérieux ! Professionnels et amateurs le consultent pour connaître la vraie valeur des timbres en vente sur le marché.

— C'est bien ce que je supposais.

— Attendiez-vous... une autre réponse ?

— Il me reste un aspect de votre rôle à comprendre, M. Babwin.

— Mon rôle... mais quel rôle ?

— Ne quittez pas Londres.

— Mais... j'ai une vente aux enchères à Paris, après-demain !

— Ne quittez pas Londres, répéta Marlow, impérieux.

CHAPITRE XXXV

Dans l'antichambre précédant le bureau de Scott Marlow, deux hommes attendaient, indifférents l'un à l'autre. Norman Reed, au costume bleu nuit de grande classe, lisait le *Times* ; Lewis Arrow, vêtu de gris, consultait une revue de philatélie dont il soulignait certains passages.

L'un et l'autre se levèrent à la vue de Marlow et de Higgins.

— Pourrais-je vous voir, inspecteur ? demanda le conseiller culturel.

— Je vous adresse la même requête, dit Arrow d'une voix terne.

— Lequel d'entre vous est le plus pressé ? demanda Higgins.

— Pas moi, dit Arrow : j'ai de la lecture.

— Merci de votre obligeance, cher monsieur.

Le diplomate salua l'expert.

Marlow ferma la porte de son bureau.

— Beaucoup plus moderne qu'au *Foreign Office*, jugea Norman Reed ; j'ai l'impression que vos crédits sont supérieurs aux nôtres.

— Notre budget est de plus en plus resserré,

déplora le superintendant ; ce n'est pas ainsi qu'on luttera efficacement contre le crime.

— Puis-je m'asseoir ?

Norman Reed était aussi à l'aise que dans son domaine ; il tira sur ses jambes de pantalon et s'installa le plus confortablement possible sur la chaise à dossier métallique.

Higgins resta debout, près de la fenêtre ; Scott Marlow trôna derrière son bureau, encombré de dossiers et de notes de service.

— Avez-vous avancé, messieurs ?

— De manière décisive, répondit Marlow.

— Mes révélations sur la famille Smith vous ont-elles été utiles ?

— Franchement, assez peu, répondit Higgins.

— Aucun lien entre le destin malheureux de Harold Smith et l'assassinat de Sir Balfour ?

— S'il existe, nous ne l'avons pas décelé.

Le diplomate parut contrarié.

— J'avais cru mettre le doigt sur un fait important.

— Les enquêtes procurent leur lot de déceptions, remarqua Marlow.

— N'avez-vous pas retrouvé la trace du fils de Harold Smith ?

— À supposer qu'il existe, ajouta Higgins.

— À supposer qu'il existe, répéta Norman Reed, visiblement déçu. Avez-vous effectué des recherches ?

— Bien entendu.

— Infructueuses ?

— Pour le moment, oui.

— Les abandonnez-vous ?

— Nous n'abandonnons jamais, révéla Marlow. Ce n'est pas la meilleure des hypothèses, mais nous ne l'excluons pas ; si le moindre indice la rend plausible, nous l'exploiterons.

— Ma vanité est un peu blessée, je l'avoue ; j'aurais aimé vous éblouir un peu ! Néanmoins, malgré cet échec, je reste perplexe. La vraie raison de la visite de Sir Balfour m'échappe.

— Ce point sera éclairci, promit Higgins ; vous avez raison de le considérer comme important.

— Paroles consolantes, inspecteur ! Je ne me serais pas trompé sur toute la ligne.

— Chacun son métier, dit Scott Marlow ; je serais un piètre diplomate.

— Puis-je continuer à réfléchir ? Si une idée, même folle, me venait, j'aimerais vous la communiquer.

— N'hésitez surtout pas, recommanda Higgins.

— Cette affaire vous préoccupe beaucoup, observa Marlow.

— C'est vrai, répondit Norman Reed ; pour être sincère, elle m'obsède. D'abord, avoir vu la victime quelques heures avant un tel drame m'a profondément marqué, ce qui dénote un certain manque de maîtrise, j'en conviens ; d'autre part, cette tragédie mettait un réel piment dans un ordinaire assez terne. Y être mêlé m'a passionné, j'en conviens, même si cela peut vous paraître puéril. J'ai joué au gendarme et au voleur, n'est-il pas vrai ?

— Votre dossier est remarquable, nota Marlow.

— Nous apprenons à rédiger, au *Foreign Office.*

Norman Reed se leva.

— Tout de même, je me demande si cet Harold Smith n'a pas joué un rôle, même secondaire... Dites-moi, inspecteur, est-ce qu'on peut vraiment tuer pour un timbre ?

— Un philatéliste répondrait par l'affirmative.
— L'espèce humaine est vraiment très originale.
— Souvent pour son malheur, M. Reed.

⁂

— Inexploitable, conclut Marlow en refermant le dossier consacré aux traces découvertes dans le jardin des Pregforth.
— L'assassin n'aurait pas commis une telle erreur.
— Et s'il s'était mis en évidence, afin de mieux nous abuser ?
— Éclairez-moi, mon cher Marlow.
— Puisque lady Almina se promenait dans son propre jardin, la présence de ses empreintes de pas n'avait rien de surprenant. Inutile de les cacher, par conséquent.
— Vous vous en tenez à votre idée directrice.
— Avec une bonne chance de succès, ne croyez-vous pas ?
— J'ai pris beaucoup de notes, superintendant, mais il me manque encore des éléments.
— Que voulez-vous de plus ?
— Le missionnaire, les timbres rares, l'arme du crime... tout cela forme un ensemble fort mystérieux. Pourtant, j'ai l'impression que ce crime correspond à une logique implacable et qu'il a été minutieusement préparé.
— Lady Almina vous semble-t-elle incapable d'avoir agi selon vos critères ?
Higgins ne répondit pas.
— Nous avons une chance d'en savoir davantage.
— Laquelle ?
— Recevoir Lewis Arrow, puisqu'il veut nous voir.

CHAPITRE XXXVI

Lewis Arrow entra très lentement dans le bureau du superintendant. Il regarda autour de lui, leva les yeux vers le plafond, scruta le plancher.

— Sommes-nous en sécurité, ici ?

La question surprit Marlow.

— Avez-vous toute votre raison, M. Arrow ?

— Je sais bien que nous sommes à Scotland Yard et que vous êtes superintendant ; mais on a pu poser des micros. Or, ma sécurité est en jeu.

— De qui vous moquez-vous ?

— J'ai des révélations à faire.

Voyant les poings de Marlow se serrer et ses mâchoires se contracter, Higgins jugea bon d'intervenir.

— Soyez rassuré, M. Arrow ; seuls le superintendant et moi-même entendrons vos confidences.

— J'ai votre parole.

— Vous l'avez.

— Bien.

L'homme au teint gris avait pris de l'assurance. Avant de s'asseoir, il essuya la chaise avec son mouchoir.

— On n'est jamais trop prudent.

— Que savez-vous au juste ? demanda Marlow, irrité.

— Sir Balfour Pregforth est mort assassiné.

Un silence succéda à cette déclaration.

— Est-ce tout ?

— Je suis un expert, superintendant ; autrement dit, je pars toujours d'un fait précis et vérifiable. Dans cette affaire, le premier fait précis et vérifiable, c'est le cadavre de Sir Balfour.

— Mon temps est précieux, M. Arrow.

— Le mien aussi ; et je l'ai pris pour vous aider.

Le ton de l'homme gris devint acide.

— Vous courez après les criminels, après les témoins, après les preuves, et moi, je viens spontanément vers vous. Cette démarche devrait me valoir une marque d'estime.

— Vous l'avez, concéda Higgins.

— Bien. Par conséquent, vous avez cessé de me suspecter ; sinon, comment des rapports d'estime s'établiraient-ils entre nous ?

— Point trop n'en faut, dit Higgins sans agressivité.

Lewis Arrow jeta un œil indécis à l'ex-inspecteur-chef.

— Oui, vous avez sans doute raison... Mais il faut me comprendre. Sentir peser sur moi votre suspicion m'est insupportable !

— Vous sentiriez-vous coupable ?

— Mais non, justement ! Si vous étiez à ma place, vous souffririez de cette situation autant que moi. Je suis un homme respectable, j'exerce un métier digne et envié, je travaille pour des membres de l'*establishment*, et me voilà mêlé à une affaire sordide ! Est-ce juste, est-ce convenable ?

Marlow frappa du poing sur son bureau.

— Vos états d'âme vous appartiennent, M. Arrow, mais ils ne font pas progresser l'enquête. Ou nous passons à vos fameuses révélations, ou vous décampez !

La colère du superintendant fit trembler l'homme gris, qui se trémoussa sur sa chaise.

— Bon, bon, ne vous fâchez pas !

L'homme gris s'essuya le front.

— Je déteste la violence ; elle ne mène à rien. Je suis incapable de tuer un insecte... Alors, un homme, et qui plus est le plus grand philatéliste britannique !

— Vos révélations, M. Arrow !

L'interpellé baissa la tête.

— Ce n'est pas si facile... vous me demandez de jouer un rôle de délateur.

— Nous ne vous demandons rien ; vous êtes venu de votre plein gré.

— Admettons...

— L'assassinat étant posé, reprit Higgins, qu'avez-vous découvert ?

— Comme je vous le disais, c'est extrêmement délicat ; je pourrais mettre en cause certaines personnes...

— C'est probable, en effet, à moins que l'assassin ne soit un courant d'air.

L'expert avala sa salive.

— Eh bien... certaines réputations sont un peu usurpées.

— Par exemple ?

— Par exemple... l'épouse d'un aristocrate. Elle semble intouchable, parée de toutes les vertus, mais...

— Mais ?

— Lady Almina déteste les timbres ; on prétend

même qu'elle les hait. Voilà le fait majeur, le fait qui explique tout.

— Davantage de détails nous seraient utiles.

— C'est pourtant limpide ! Comment le plus grand philatéliste britannique pourrait-il vivre aux côtés d'une femme qui condamne sa passion ? À un moment ou à un autre, le drame devait éclater. Le milieu le savait, et le redoutait.

— Accusez-vous lady Almina d'avoir supprimé son mari ?

— Je n'ai jamais dit ça.

— C'est bien ce que vos paroles laissent supposer.

— J'en ai déjà trop dit, inspecteur ; dans un sens, je regrette ma visite. Parfois, on ne réfléchit pas assez à ses actes ; oubliez ces ragots. Accuser autrui est une sorte de péché.

Lewis Arrow se leva, très raide.

— J'avais beaucoup d'admiration pour Sir Balfour ; le désir de voir son assassin arrêté et châtié m'a entraîné à une extrémité que je déplore. Veuillez accepter mes excuses, messieurs.

L'expert salua les policiers et sortit.

— Cet individu est fou ! déclara Marlow.

— Que ne ferait-on pas pour sauver sa situation ?

— L'ennui, Higgins, c'est que lady Almina demeure sur le devant de la scène.

CHAPITRE XXXVII

Le grand patron du Yard avait convoqué Marlow à dix-sept heures trente. Cinq minutes plus tard, le superintendant était sorti du bureau directorial, la mine défaite. Il avait rejoint Higgins dans un pub du centre, que ne fréquentaient pas les autorités supérieures de la police.

Higgins, heureusement inspiré, avait commandé un double scotch.

— Ça s'est très mal passé, avoua Marlow.

— Il veut un résultat immédiat, n'est-ce pas ?

— Oui, et sans scandale. Les journaux le harcèlent, quelques ministres s'impatientent, et l'*establishment* reproche au Yard son inefficacité. Pour être sur la sellette, j'y suis !

Marlow contempla le liquide ambré.

— Comment puis-je arrêter une aristocrate sans provoquer de scandale ? Si lady Almina ne consent pas à avouer son meurtre, je reste bloqué dans l'impasse.

Higgins déplorait de ne pouvoir intervenir de manière décisive ; frapper un coup d'épée dans l'eau serait plus nuisible qu'utile. L'ex-inspecteur-chef hésitait encore entre plusieurs solutions, faute d'une clé qu'il ne parvenait pas à obtenir.

— Je vais quand même l'arrêter, déclara Marlow ; au moins, j'agirai selon ma conscience.

— Donnez-moi jusqu'à ce soir.

— Que comptez-vous faire, Higgins ?

— Vérifier une hypothèse assez audacieuse.

— De manière légale ?

— Vous me connaissez, superintendant.

⁂

Higgins salua la vieille dame qui promenait son schnauzer poivre et sel dans Jameson Street ; elle lui rendit son salut, tandis que le petit chien, nez au vent, tirait sur sa laisse.

L'ex-inspecteur-chef frappa avec un heurtoir ; le domestique en livrée ouvrit la porte.

— Monsieur appartient à Scotland Yard, me semble-t-il.

— Mademoiselle Blackwell est-elle visible ?

— Si monsieur veut bien me remettre sa carte.

Higgins s'exécuta et attendit moins de cinq minutes dans le grand hall.

— Mademoiselle attend monsieur.

Laetitia Blackwell était encore plus séduisante que lors de leur précédente rencontre, bien qu'elle ne fût plus alanguie sur un canapé. La jeune femme aux yeux vert d'eau faisait les cent pas dans son salon. Une robe grenat, très moulante, laissait deviner un corps admirable.

— Inspecteur ! Que se passe-t-il ?

— L'enquête se révèle très difficile, mademoiselle.

— L'assassin ne va quand même pas... s'échapper ? Justice doit être faite !

Nerveuse, tourmentée, Laetitia Blackwell maîtrisait mal son exaltation.

— Telle est bien notre intention, mademoiselle, mais encore faudrait-il lever certains obstacles.

— Lesquels ?

— Commençons par le principal : vous-même.

— Moi-même ? Mais comment...

— Acceptez-vous de vous asseoir ?

Doux mais persuasif, Higgins obtint gain de cause. Hésitante, un peu tremblante, Laetitia Blackwell s'assit sur le rebord d'une chaise.

— Vous êtes une très jolie femme, mademoiselle ; Sir Balfour fut certainement très épris de vous.

Elle rougit un peu.

— Ai-je tort ?

— Non, son affection était sincère ; la mienne aussi, d'ailleurs.

— J'en suis persuadé ; votre chagrin est bien réel.

— Plus encore que vous ne l'imaginez. Il était si intelligent, si distingué... Plus jamais je ne vivrais une aventure pareille. C'était une sorte de miracle.

De l'émotion animait la voix un peu rauque de l'ancienne danseuse.

— Vos paroles me confortent dans mon hypothèse : à cause de vous, la vérité est inaccessible.

— Pourquoi dites-vous ça ?

— Sir Balfour n'aimait plus sa femme ; c'est à vous qu'il réservait son affection. Certes, il demeurait secret et peu bavard, car telle était sa nature ; mais il se savait en danger, et même en grand danger. Lorsqu'il fut persuadé que sa vie était réellement menacée, il a tenté de découvrir lui-même l'assassin, en prenant de trop grands risques. Néanmoins prudent et mesuré, comme tout spécialiste, il a pris une précaution.

Laetitia Blackwell évita le regard de Higgins.

— Sir Balfour vous a confié un document, mademoiselle.

— Non !

— Il vous a confié ce document, parce qu'il voulait que son assassin fût identifié.

— Non.

— Sir Balfour pensait être le plus fort, mais gardait un sens critique ; en cas d'échec, si l'assassin perpétrait son crime, il devait laisser une trace. Cette trace, dont j'ai besoin, c'est vous qui la possédez.

— Non, vous vous trompez.

La résistance de la jeune femme faiblissait ; Higgins fut heureux d'avoir exprimé une intuition juste. Sa méthode n'était guère orthodoxe et aurait déplu à Scott Marlow ; mais les résultats intéresseraient sans doute le superintendant.

— Ce document est soit un timbre, soit une lettre timbrée.

— Non, non, rien de tel...

— Il vous est sans doute difficile de l'interpréter, car il doit exiger certaines connaissances techniques que vous ne possédez pas ; mais Sir Balfour vous a demandé de remettre un indice à Scotland Yard afin que l'enquête puisse aboutir.

Des larmes coulèrent sur les joues de l'ancienne danseuse.

— Vous êtes un sorcier, inspecteur, un redoutable sorcier.

— Puisque identifier l'assassin vous tient à cœur, aidez-moi.

— Je veux bien vous aider.
— En ce cas, remettez-moi ce document.
— Je ne peux pas.
— Pourquoi ?
— Parce que je ne l'ai plus.

CHAPITRE XXXVIII

— Décrivez-moi l'objet, mademoiselle.

— C'est une enveloppe, avec un timbre bizarre.

— De quel pays ?

— Je l'ignore.

— Que vous a dit Sir Balfour ?

— Il m'a demandé de conserver précieusement cette enveloppe timbrée et fermée, et surtout de ne pas l'ouvrir, parce qu'elle contenait un message très important. S'il mourait de manière suspecte, je devais la remettre à la police. C'était...c'était affreux ! Jamais je n'aurais voulu vivre cette scène... envisager sa mort, voir le sang de l'homme que j'aimais...

— Était-il blessé ?

— Le timbre et la partie supérieure de l'enveloppe étaient tachées de son sang. Il avait dû s'entailler le doigt avec un coupe-papier, mais quel terrible présage !

— Il faut me remettre ce document, mademoiselle.

— Je vous l'ai dit, je ne l'ai plus.

— Avez-vous ouvert l'enveloppe ?

— Oh non !

— Êtes-vous bien consciente qu'elle recèle le secret de la mort de Sir Balfour et le nom de son assassin ?

Laetitia Blackwell pleura de nouveau.

— On me l'a volée, je ne sais plus où elle est...

Higgins, paternel, l'invita à se lever et à marcher vers la fenêtre pour contempler le ciel où le soleil tentait une timide percée.

— L'âme de Sir Balfour erre dans l'infini, mademoiselle ; tant que l'assassin ne sera pas identifié, elle ne connaîtra pas le repos. Si vous avez aimé cet homme, comment pourriez-vous le condamner à un destin aussi cruel ?

Laetitia Blackwell leva la tête.

— J'ai mal agi, inspecteur.

— Si vous n'avez pas détruit ce document, rien n'est irrémédiable.

— Je ne l'ai pas détruit, mais il n'est plus en ma possession.

— À qui l'avez-vous donné ?

Dans le ciel, le bleu gagnait sur le gris ; le vent poussait les nuages vers le nord.

— Dorothy Farin et moi sommes amies depuis longtemps ; nous nous sommes connues dans un cours de danse, et nous allons souvent canoter sur la Tamise. Au début de ma liaison, je n'ai pas osé lui en parler ; le temps passant, je lui ai tout raconté. Le personnage de Sir Balfour l'a passionnée, car elle est une philatéliste avertie. Je ne sais comment elle s'est débrouillée, mais elle est devenue sa masseuse. Une fois, il m'en a fait l'éloge, et je fus presque jalouse ; mes craintes se sont vite dissipées, car Dorothy, plutôt volage, ne sort qu'avec des jeunes gens de son âge. Elle m'a souvent demandé si je ne pouvais pas obtenir de bons conseils afin d'acheter à bas prix des timbres de valeur, mais j'en étais incapable ; Balfour ne m'aurait même pas répondu. Quand vous m'avez appris son assassinat, j'ai paniqué ; j'ai appelé Dorothy et je lui ai montré l'enveloppe timbrée. Elle fut bouleversée, non par le document lui-même, mais par le timbre ! Malgré la tache de sang, il avait une valeur exceptionnelle ; elle pensait même que le seul timbre porteur du sang d'un grand philatéliste assassiné atteindrait une cote fabuleuse.

— Pourquoi avez-vous accepté de trahir la mémoire de Sir Balfour ?

— J'étais déchirée, inspecteur ; j'aimais Balfour, Dorothy est ma meilleure amie. Lui était mort, elle vivante. Et puis...

— Et puis ?

— Dorothy avait une revanche à prendre.

— Laquelle ?

— L'un de ses ancêtres était le véritable inventeur du timbre-poste ; elle tenait à ce que la vérité fût établie publiquement. Elle m'a montré des documents indubitables.

— En avait-elle parlé à Sir Balfour ?

— Oui, quelques jours avant le drame.

— Quelle avait été sa réaction ?

— Très négative. Il estimait que les arguments de Dorothy étaient spécieux et que Sir Rowland Hill devait rester le père fondateur : vénéré par les postiers et les philatélistes du monde entier. Dorothy a quand même tenté de le convaincre, mais elle n'a réussi qu'à provoquer sa colère. Il lui a ordonné de se tenir à sa place, de continuer à le masser correctement, et de ne plus jamais lui parler de timbres. Ce conflit m'a beaucoup chagriné ; l'un et l'autre étaient sincères, comment choisir entre eux ? C'est mon drame, inspecteur, je n'ai jamais su trancher... la vie est comme une vague qui m'emporte là où elle veut, sans que je sois capable de résister. Je suis faible, je le sais, mais je ne parviens pas à me corriger.

— Vous avez donc cédé devant les exigences de votre amie.

— Elle m'a persuadé que son ancêtre avait été persécuté et que Sir Balfour s'était montré injuste.

— Le ressentiment aurait-il poussé Dorothy Farin au meurtre ?

— Oh non, inspecteur ! Elle est passionnée, c'est vrai, mais déteste la violence autant que moi.

— En vous arrachant l'enveloppe timbrée, ne comptait-elle pas faire fortune ?

Laetitia Blackwell quitta la fenêtre, retourna s'asseoir et cacha ses yeux avec ses mains.

— J'ai été lâche, inspecteur, parce que j'ai eu peur.

— Qui vous a effrayé ?

— L'avenir. Balfour est mort, je suis seule, bientôt sans ressources, trop âgée pour danser. Dorothy m'a promis qu'elle ne me laisserait pas dans cette détresse, à condition qu'elle puisse négocier ce timbre. Une véritable fortune... Oui, c'est ce qu'elle envisageait, grâce au caractère unique de ce document.

— À qui comptait-elle le vendre ?

Laetitia Blackwell hésita.

— Vous savez bien, dit Higgins d'une voix douce, que je dois récupérer ce document et lire la lettre qui me permettra d'établir l'identité de l'assassin.

— Je n'ai pas le droit... j'ai déjà trahi Balfour, je ne veux pas trahir Dorothy !

— Il s'agit de Walter Tellus, n'est-ce pas ?

La jeune femme effarée, regarda Higgins.

— Comment...

— Vous m'avez beaucoup aidé, mademoiselle ; à présent, reposez-vous. Je reviendrai.

CHAPITRE XXXIX

Marlow vidait une seconde pinte de Whitebread Pale Ale, lorsque Higgins entra dans le *public bar* du Old King Lud, un pub ouvert depuis des décennies dans Ludgate Hill, non loin de Saint-Paul. L'entrée de l'établissement se situait sous un pont de chemin de fer ; chaque passage de train faisait trembler les murs et réveillait les buveurs endormis, ainsi incités à renouveler leur consommation.

Le superintendant avait choisi la partie populaire du pub, redoutant qu'une sommité administrative quelconque ne fréquentât le *lounge*, la partie aristocratique de l'établissement, beaucoup plus confortable.

— L'espoir renaît, mon cher Marlow.

— Vous croyez vraiment ?

— Il est probable que Sir Balfour a identifié son assassin et nous a transmis le moyen de l'arrêter.

— Quel moyen ?

— Une lettre timbrée.

— Et... vous l'avez trouvée ?

— Non, mais Dorothy Farin la possède.

Scott Marlow se leva, enthousiaste.

— Ne perdons pas une seconde.

*
**

Dorothy Farin s'adonnait à sa gymnastique quotidienne lorsqu'on sonna à sa porte. Vêtue d'un short et d'une chemisette décolletée à manches courtes, un bandeau dans les cheveux, elle incarnait une jeunesse triomphante.

— Vous revoilà !

— Un nouvel entretien est indispensable, déclara Higgins, accompagné d'un superintendant anxieux, mais résolu.

— Entrez donc, et servez-vous un jus de carottes pendant que je prends une douche.

Vive et pimpante, elle abandonna son appartement aux deux hommes et disparut dans la salle d'eau.

Scott Marlow fit les cent pas, Higgins examina chaque objet sans rien déranger. Dorothy Farin réapparut, en peignoir, les cheveux encore humides.

— Que se passe-t-il, inspecteur ?

— Un grand pas dans notre enquête, mademoiselle.

— Tant mieux !

— Vous êtes concernée, au premier chef.

— Moi ?

— Seriez-vous surprise ?

— Bien sûr... que me reproche-t-on ?

— Dissimulation d'indice majeur.

Dorothy Farin sourit, avec un charme indéniable.

— Mon Dieu, vous m'effrayez ! À part moi-même, que pourrais-je dissimuler ?

— Laetitia Blackwell m'a confié la vérité.

— Qui est-ce ?

— Votre meilleure amie.

— Pour une surprise, c'est une surprise !

— Oseriez-vous le nier ?

— J'ose.

— Combat d'arrière-garde, mademoiselle.

— Ma parole contre la sienne.

— Inutile de mentir davantage ; nous avons vérifié.

— Ah oui... et quoi donc ?

— Les dires de Laetitia Blackwell ; vous avez bien fréquenté la même école de danse.

La jolie masseuse resserra les pans de son peignoir qui avaient tendance à s'écarter.

— Alors, vous m'accusez !

— Veuillez me donner l'enveloppe timbrée que vous a remise votre amie.

— Je ne l'ai plus.

— À qui l'avez-vous confiée ?

— Je l'ai vendue.

— Le nom de l'acheteur ?

— Walter Tellus.

— Vous avez songé à lui, je vous le concède, mais vous avez découvert qu'il était ruiné. Ennemi de Sir Balfour, il eût aimé posséder un timbre taché de son sang. Quelle pièce unique, dans l'histoire de la philatélie ! Malheureusement pour lui et pour vous, Walter Tellus n'est plus assez fortuné ; en réalité, vous n'avez pas encore contacté un collectionneur capable de payer la somme considérable que vous exigez.

— Comment le savez-vous ?

— Vous prenez des risques considérables, mademoiselle, afin de faire fortune.

Le sourire de Dorothy Farin se crispa.

— Est-ce condamnable ? Mon aïeul a été privé de la gloire et de la richesse qu'il méritait ; moi, je ne serai pas masseuse toute ma vie ! Je veux une grande maison à la campagne, des chevaux, des chiens et une ferme. Puisque Sir Balfour s'est obstiné dans le mensonge de l'histoire officielle, pourquoi n'aurais-je pas sauté sur l'occasion qui se présentait ? Laetitia m'a donné son accord. Elle aussi a peur de l'avenir et de la pauvreté. Un timbre comme celui-là est tout à fait exceptionnel ; nous ne connaîtrons plus jamais cette chance.

— Sir Balfour avait demandé à Laetitia de remettre ce document à la police, s'il décédait de mort violente.

— Je sais, je sais ! Il est mort, à présent ; Laetitia et moi sommes vivantes.

— Vous dissimulez ainsi l'identité d'un assassin.

— Je privilégie mon intérêt et celui de Laetitia.

— Remettez-nous cette enveloppe, mademoiselle.

— Et si je l'avais détruite ?

— Ne soyez pas puérile.

— Vous ne pourriez rien contre moi !

— Si les hommes du superintendant fouillent votre appartement pouce par pouce, vous ne le reconnaîtrez plus.

Vaincue, Dorothy Farin baissa les yeux.

Le précieux document était caché dans un dictionnaire de médecine.

Il s'agissait d'une enveloppe carrée, cachetée à la cire, destinée à « *Sir Balfour Pregforth, directeur des postes britanniques* ». Le timbre, fort laid, était effectivement taché de sang ; d'une valeur d'un penny, il se réduisait à un petit rectangle bistre, sans aucun décor. Les dentelures étaient irrégulières.

— Avez-vous lu la lettre que contient cette enveloppe ?

— Non. Vérifiez vous-même : le cachet est intact. Je voulais négocier à un prix exceptionnel un document exceptionnel.

— En renonçant à connaître le nom de l'assassin ?

— À l'acheteur de décider s'il parlait ou non.

— Habile transfert de cas de conscience, mademoiselle.

— J'ai essayé, j'ai échoué.

Higgins se tourna vers Marlow.

— Ouvrons-nous, superintendant ?

— J'en prends la responsabilité.

Scott Marlow brisa le cachet.

L'enveloppe était vide.

CHAPITRE XL

— Mais enfin, Higgins, c'est invraisemblable ! Quelqu'un a dû décacheter, voler la lettre et recacheter... quelqu'un qui ne peut être que Laetitia Blackwell ou Dorothy Farin.

— Rien de moins sûr, superintendant ; le cachet était d'origine.

— Vous croyez vraiment que l'enveloppe n'a pas été ouverte ?

— C'est une certitude.

— Pourquoi êtes-vous aussi affirmatif ?

— Ce pauvre timbre sans valeur, ces dentelures, ce sang, cette enveloppe vide, et tous ces indices savamment répartis... tout est clair, à présent.

— Vous... vous avez identifié l'assassin ?

— Oui, mon cher Marlow ; et nous possédons même une preuve matérielle d'une excellente qualité. C'est une faveur rare, n'est-il pas vrai ? Faveur... c'est bien le terme.

— Je ne comprends pas, Higgins.

— C'était à la fois limpide et obscur ; cette affaire demeurera comme un modèle du genre. Auriez-vous l'obligeance de convoquer tous les suspects chez Sir Balfour, demain soir, à vingt et une heures ?

— Vous resterait-il... un doute ?

— Aucun, mais il convient d'éclaircir un certain nombre de détails afin que votre rapport soit complet.

— Je vais prévenir lady Almina.

Un planton frappa à la porte du bureau du superintendant.

— Entrez.

Le policier en uniforme salua.

— Une dame souhaiterait vous voir, superintendant.

— Son nom ?

— Lady Almina Pregforth ; elle prétend que c'est urgent et important.

— Faites-la monter.

Dans les couloirs du Yard, l'épouse du défunt philatéliste ne passa pas inaperçue. Quantité de serviteurs de l'ordre public se retournèrent pour admirer la silhouette élégante de cette femme de soixante ans, souveraine et altière. Elle portait un tailleur de laine bleu et argenté, d'une coupe parfaite, et marchait avec la prestance d'une reine.

Scott Marlow eut un peu honte de son bureau ; ce cadre austère n'était pas digne d'une grande dame. Mais lady Almina ne fit aucun commentaire.

— Merci de me recevoir si vite, messieurs ; je suppose que votre temps est précieux. J'espère ne pas vous le faire perdre.

— Comment vous remettez-vous, après un tel drame ? interrogea Higgins.

— Plutôt mal, inspecteur ; c'est d'ailleurs la raison de ma présence ici.

— Auriez-vous une révélation à faire ?

— En effet. C'est moi qui ai tué mon mari.

Un long silence succéda à ces terribles paroles. Scott Marlow, tétanisé, se cala au fond de son fauteuil, attendant que Higgins cautionnât cet aveu.

— Je ne pouvais plus supporter mon hypocrisie, reprit lady Almina. Comme vous l'avez remarqué, je me suis contredite à plusieurs reprises à propos de mon emploi du temps, le soir du crime. La réalité est toute simple : j'ai bien renvoyé mon chauffeur, à Covent Garden, et je suis rentrée vers vingt et une heures.

— Ne pourriez-vous être plus précise ? demanda Higgins.

— Je n'ai pas songé à regarder ma montre.

— Comment avez-vous agi ?

— J'ai pénétré dans son bureau, alors qu'il admirait ses chères collections. Il m'a demandé de sortir, parce que je le dérangeais. Cette fois, je suis restée et je me suis approchée de lui. Cette réaction l'a amusé ; pourquoi se serait-il méfié de son épouse, soumise et docile, d'une ombre qui ne discutait pas ses ordres et subissait son autorité ? Le reste, vous le connaissez.

— S'est-il défendu ?

— Il n'en a pas eu le temps.

— Votre geste fut donc très rapide.

— La haine a guidé ma main.

— Pourquoi avez-vous utilisé un coquillage ?

— Pour me venger de cette maudite philatélie qui a fait mon malheur ! Une existence ruinée, voilà ma condamnation... Balfour m'ignorait, m'enfonçait dans le néant. Il m'a trop fait souffrir, inspecteur ; je n'avais plus le choix. Mon crime ne m'a pas rendu le bonheur, mais il a brisé le martyre dont j'étais victime. Sans doute ai-je tué par lassitude...

— Êtes-vous également l'auteur du cambriolage ?

— Le cambriolage... Oui, bien sûr.

— Que cherchiez-vous ?

— Je voulais détruire ces centaines de timbres !

— Mais vous ne l'avez pas fait.

— Je n'en ai pas eu le courage ; c'eût été assassiner une seconde fois mon mari.

Lady Almina ouvrit son sac à main.

— J'ai dissimulé une quinzaine d'enveloppes que mon mari avait reçues : les voici.

Elle les posa sur le bureau de Scott Marlow.

— Contenaient-elles des lettres ? interrogea Higgins.

— Non, inspecteur ; elles étaient vides.

— Pourtant, elles l'angoissaient.

— Quelle importance ? À présent, vous savez tout.

— Acceptez-vous de signer vos aveux ? demanda Marlow avec gravité.

— Bien entendu. Je suppose que vous allez m'incarcérer ?

— Pas immédiatement, intervint Higgins ; il nous faut le temps de préparer les formulaires.

— En ce cas, puis-je rentrer chez moi ?

— Demain soir, nous organisons une reconstitution dans le bureau de votre mari.

Lady Almina contrôla son émotion.

— Est-ce bien nécessaire, puisque vous avez mes aveux ?

— Indispensable pour conclure l'enquête.

⁂

Scott Marlow ne pavoisait pas. L'affaire Pregforth

se terminait comme il l'avait supposé, bien qu'il espérât une autre issue.

— Vous êtes bien silencieux, Higgins.

— J'examine ces enveloppes, mon cher Marlow.

— Qu'en pensez-vous ?

— D'abord, elles étaient vides et ne contenaient aucune lettre ; ensuite, elles servaient de support à des timbres inégaux, la plupart médiocres et sans grand intérêt ; enfin, une main a tracé de petits signes géométriques en haut et à gauche.

— Lady Almina était-elle votre coupable ?

— Mes conclusions n'ont pas varié, superintendant ; elles sont même renforcées.

CHAPITRE XLI

Seule une lampe de bureau éclairait le bureau de Sir Balfour Pregforth. Les bibliothèques en acajou avaient retrouvé calme et dignité ; les timbres rares dormaient à nouveau dans leurs écrins, à l'abri des regards profanes. Sur l'austère bureau aux pieds cannelés, lady Almina avait déposé un petit vase contenant quelques roses rouges. La pendule en argent massif marquait vingt et une heures, lorsque la maîtresse de maison invita ses hôtes à prendre place sur les chaises anciennes qu'elle avait disposées dans la pièce. Les débris du buste de Sir Rowland Hill avaient disparu.

Higgins entra le dernier, et se plaça devant la cheminée, face aux huit suspects, tandis que Scott Marlow s'adossait à la porte d'entrée, ôtant à l'assassin toute possibilité de s'enfuir.

L'atmosphère était pesante ; même le jovial Walter Tellus faisait grise mine.

— Nous sommes rassemblés, déclara Higgins, afin de définir les responsabilités des uns et des autres dans le décès de Sir Balfour.

— Pardonnez-moi de vous couper, intervint le chocolatier suisse, mais je n'ai joué aucun rôle dans cette affaire. C'est la première fois que je pénètre dans cette maison, d'où j'espère sortir au plus vite.

— Ne vous impatientez pas, M. Tellus.

— Si je pouvais partir tout de suite...

Le regard courroucé de Marlow contraignit l'obèse à l'immobilité.

— Lady Almina, reprit Higgins, s'est déclarée coupable d'assassinat sur la personne de son mari.

Laetitia Blackwell étouffa un cri de stupeur.

— En ce cas, remarqua Tellus, nous n'avons plus rien à faire ici ; arrêtez-la et libérez-nous.

— Ce n'est pas mon intention.

— Puisque vous avez ses aveux, pourquoi chercher ailleurs ?

— On pouvait admettre que lady Almina avait tué son mari pour lui faire payer trop d'années d'indifférence et de passion exclusive pour les timbres ; je crois qu'elle a réellement souffert de cette situation et qu'elle a même songé à passer à l'acte. Autre mobile : l'existence d'une maîtresse, Laetitia Blackwell, et le risque de voir déshonorer le nom des Pregforth. Empêcher Sir Balfour de poursuivre ses fresques relevait du crime passionnel. Bref, de nombreuses charges pesaient sur lady Almina, d'autant plus que ses mensonges et ses contradictions, à propos de son emploi du temps le soir du crime, aggravaient encore la suspicion du superintendant Marlow et de moi-même.

— Votre dossier est bouclé ! s'exclama Walter Tellus ; n'allez pas chercher midi à quatorze heures, comme disent les Français. Toute cette histoire est bien triste, et je plains cette pauvre lady ; mais elle doit subir les conséquences de son acte.

— Certainement pas, objecta Higgins.

— Et pourquoi échapperait-elle à la justice ?

— Parce que lady Almina n'a pas assassiné son mari.

Higgins fit quelques pas en direction de l'aristocrate, très digne dans sa longue robe vert foncé, mettant en valeur un somptueux collier de perles à trois rangs. Il la regarda droit dans les yeux, à la fois compréhensif et sévère.

— Devant vos ancêtres, face au nom que vous portez, maintenez-vous vos aveux et jurez-vous sur votre honneur qu'ils sont exacts ?

Une larme, très discrète, emplit l'œil droit de lady Almina.

— Non, inspecteur ; je vous prie d'accepter mes excuses. Je n'ai pas tué mon mari.

— Pourquoi ce mensonge ?

— Pour me punir moi-même. Une autre prison, après tout... Mais vous avez raison ; je dois garder mon rang, et ne pas sombrer dans la dépression. Que j'ai raté ma vie ne concerne que moi, et non la lignée que j'incarne.

— Avez-vous également menti, à propos de votre emploi du temps ?

— Même pas ; j'ai réellement tout embrouillé. Ma tête est si vide, depuis le départ de Balfour... je le haïssais et je l'aimais en même temps. À présent, je n'ai plus personne contre qui me battre.

— C'est trop facile ! protesta Laetitia Blackwell, sobrement vêtue d'un tailleur jaune paille. Parce que cette femme est une aristocrate fortunée, la police ne veut pas admettre qu'elle est une criminelle !

Higgins se tourna vers la jeune femme.

— Oseriez-vous répéter cette accusation les yeux dans les yeux ?

L'ancienne danseuse baissa les siens.

L'ex-inspecteur-chef consulta son carnet noir.

— Certes, la première question à poser était : pourquoi Sir Balfour a-t-il été assassiné ? Mais trop de pièges et d'obstacles nous séparaient de la bonne réponse pour s'acharner d'emblée sur cette voie, d'autant plus qu'un autre chemin plutôt inhabituel s'offrait à nous. Pourquoi la victime avait-elle changé radicalement ses habitudes en accumulant les rendez-vous, le jour même de sa mort ? Sir Balfour était nerveux et inquiet, il a provoqué tous ses interlocuteurs, d'une manière ou d'une autre, avec un objectif bien précis : identifier son assassin, l'individu qui lui avait fixé rendez-vous, ici même, avec l'intention de le supprimer. Autrement dit, il a couru après sa mort, avec l'espoir de découvrir son visage avant qu'elle n'apparaisse. Il a échoué.

— Pourquoi ne m'en a-t-il pas parlé ? se plaignit Laetitia Blackwell. Je l'aurais protégé !

— Mais il l'a fait, mademoiselle.

— Non, je vous jure que non !

— Il l'a fait à la manière d'un philatéliste, en vous remettant une enveloppe timbrée. Et vous avez trahi sa confiance pour une sordide question d'argent.

— Je suis aussi responsable qu'elle, intervint Dorothy Farin ; c'est moi qui avais conçu toute l'opération. Laetita était désemparée ; j'ai profité de sa faiblesse.

— Vous avez cru que je mentais, précisa lady Almina, lorsque j'affirmais ne pas connaître la maîtresse de mon mari ; en réalité, je disais vrai. Je ne savais pas qu'elle possédait une nature aussi vile.

Laetitia Blackwell se leva, furieuse. Son amie l'agrippa par l'avant-bras et la força à se rasseoir.

— Elle a raison, Laetitia ; nous avons été sordides et méprisables, toi et moi.

— Et criminelles ? interrogea Higgins.

— Non, inspecteur. Laetitia aimait Sir Balfour, je le détestais ; mais rétablir la réputation de mon ancêtre, Chalmers, ne justifiait pas un crime.

— Heureux de vous l'entendre dire, mademoiselle.

Higgins tourna quelques pages de son carnet noir et se plaça à côté de Samantha Witchcroft, étrangement calme.

— Quelles réflexions vous inspire ce crime, mademoiselle ?

CHAPITRE XLII

— Peut-être justice a-t-elle été rendue, dit Samantha Witchcroft dont le sourire triste de Joconde aurait ému le cœur le plus sec. Sir Balfour a brisé ma carrière, il m'a calomnié et condamné au désespoir. Je ne suis pas chrétienne, inspecteur, et je ne pratique pas le pardon des offenses. Depuis la disparition de Sir Balfour, l'horizon s'éclaircit pour moi.

— Quand il est venu chez vous, il vous a accusé de vouloir le supprimer, n'est-ce pas ?

— Si je vous l'avais avoué, vous m'auriez soupçonnée.

— Vous aviez l'un des mobiles les plus puissants : la vengeance. Sans l'intervention et l'animosité persistante de Sir Balfour, vous auriez mené une existence plus heureuse.

— L'avenir sera peut-être meilleur.

— Pour votre ancêtre Kochir, également ?

— Des articles paraîtront, un vrai débat s'ouvrira.

— Je vous souhaite bonne chance, dit Higgins.

Le sourire triste devint interrogatif.

— Suis-je enfin innocentée à vos yeux ?

— Vous ne pouvez pas être coupable, mademoiselle, pas davantage que Laetitia Blackwell et Dorothy Farin. Mademoiselle Blackwell, Sir Balfour vous a bien posé des questions sur votre adolescence, votre passé, et vos relations ?

— Oui, inspecteur.

— Mêmes questions pour vous, Mlle Farin ?

La masseuse hocha la tête affirmativement.

— Bien entendu, Sir Balfour a questionné de la même façon les autres suspects, à l'exception de son épouse et de sa maîtresse, mais aucun n'a jugé bon de me le signaler ; je veux dire : aucun homme.

Le silence était épais ; Higgins feuilleta son carnet noir.

— M. Reed m'a raconté une intéressante histoire qui fait peser de sérieux soupçons sur un homme d'une cinquantaine d'années.

Lewis Arrow regarda autour de lui.

— Nous sommes plusieurs dans ce cas, ici !

— Vous notamment, M. Arrow, que Sir Balfour considérait comme un escroc.

— Le mot est violent !

— N'avez-vous pas tenté d'abuser votre illustre client ?

— Oublions cet épisode douloureux, inspecteur ; le métier d'expert ne m'intéresse plus. Je vais quitter l'Angleterre pour la France.

— Sage décision, commenta John Babwin ; nous resterons entre gens sérieux.

— Votre intervention est plutôt déplacée, estima Higgins ; vous fûtes l'allié de Sir Balfour dans une transaction plutôt louche et vous êtes un marchand de timbres malhonnête. Plus grave encore, dans le cadre de cette affaire, vous avez conçu un projet grandiose : publier un catalogue frelaté.

Le visage lunaire de l'éditeur prit une expression indignée.

— Je qualifierais cette attaque de... de...

— Justifiée, M. Babwin. Vous aviez apporté une planche de faux timbres à Sir Balfour, en espérant qu'il cautionnerait votre nouveau catalogue où vous bouleverseriez nombre de cotes afin d'écouler à bon prix des timbres de seconde catégorie, voire des imitations. Furieux, il a rayé la planche entière d'un trait de plume et vous a sommé de mettre fin à votre projet. Mais vous êtes obstiné et foncièrement malhonnête ; malgré ses mises en garde, vous vous apprêtiez à mettre de faux missionnaires sur le marché. Il a cité ce nom à son épouse, car il vous croyait capable de l'assassiner s'il vous dénonçait. C'est sur vous que pesaient ses soupçons.

— Je ne l'ai pas tué !

— Sir Balfour a commis une erreur d'appréciation ; vous êtes un lâche et un médiocre. Combines, malversations, petits trafics... voilà votre lot. Vous êtes incapable d'aller plus loin, même si vous en avez envie. Ce n'est pas votre avis, M. Reed ?

— Je suis mal placé pour vous répondre, inspecteur.

— En tant que diplomate, vous savez apprécier les situations et les individus.

— Si vous voulez me forcer dans mes retranchements, j'admets partager votre opinion.

— Et vous, M. Tellus ?

Le chocolatier suisse avait opté pour la sobriété, se contentant d'un costume orange. Quand Higgins s'approcha de lui, il se contracta de manière imperceptible, mais sa réaction n'échappa pas à Higgins.

— Vous êtes un curieux personnage, M. Tellus.

— Un homme très ordinaire, inspecteur, avec une passion dévorante que partagent des milliers d'individus à travers le monde ; le timbre est une grande famille.

— Quel étrange déjeuner avec votre pire ennemi, le jour même de sa mort !

— Vous en avez donné vous-même l'explication : il cherchait à savoir si j'avais l'intention de le tuer. Comme son attitude était proche de la démence, j'ai préféré garder le silence sur ce point pour ne pas salir sa mémoire.

— L'assassin a cru avoir une bonne idée en cachant un fragment de papier argenté dans les thuyas bordant la propriété des Pregforth ; il savait que nous procéderions à une fouille minutieuse. Mais il ne vous connaissait que de nom, M. Tellus, et ignorait votre poids. Vous êtes incapable d'escalader la façade en vous agrippant à la gouttière.

— Vous le dites vous-même : pas complètement innocent.

— Pas complètement, rectifia Higgins. Vous avez fait semblant d'ignorer le nom de l'homme qui vous avait conduit à la ruine, lors de cette vente aux enchères où vous fûtes habilement manipulé par Sir Balfour et son complice. Vous avez bien décrit ce dernier et vous vous êtes lancé sur sa trace.

— Ce n'est pas mon style, et...

— Qui vous le reprocherait, M. Tellus ? Vous avez identifié Babwin, étudié ses méthodes de travail et décelé ses activités de faussaire. C'est pourquoi vous nous avez offert le nom de « missionnaire ». En réalité, vous aviez décidé de prendre la main dans le sac Sir Balfour et son complice, ignorant qu'ils ne s'entendaient plus ; en apprenant la mort de votre ennemi, vous n'avez pas lâché prise. Babwin, lui aussi, devait être châtié ; et c'est à Scotland Yard que vous avez confié cette mission, en nous offrant de manière subtile les indices nécessaires.

— J'avais bien placé ma confiance.

— Avec un esprit plutôt retors.

Lady Almina se leva, émue et digne.

— Qui a tué mon mari, inspecteur ?

CHAPITRE XLIII

Higgins consulta les dernières pages de son carnet noir.

— Pour répondre à cette question, lady Almina, il faut s'interroger sur la signification des enveloppes timbrées, mais vides, que votre mari a reçues depuis un an et qui, à juste titre, l'ont effrayé. Les timbres étaient-ils responsables ? Non, car sans grande valeur. Mais Sir Balfour sut interpréter ce message, car il se souvenait de la servante écossaise.

Les femmes se regardèrent entre elles ; aucune n'était écossaise.

Tellus fut le premier à réagir.

— La fameuse histoire, c'est ça ! Aucun philatéliste expérimenté ne peut l'ignorer.

— Sir Rowland Hill, avant l'invention du timbre-poste, voyageait en Écosse, dans la région des lacs, raconta Higgins. Il vit un facteur qui proposait à une servante une lettre venant de Londres ; à cette époque, c'était au destinataire de payer le coût du courrier, variable en fonction de la distance parcourue et des obstacles à franchir. La servante reconnut l'écriture de son fiancé, mais le prix demandé était trop élevé ; aussi refusa-t-elle la lettre. Chagrinée, elle la retourna dans tous les sens, la regarda avec tendresse, mais la rendit au préposé. Ému, Sir Rowland se proposa de payer à sa place ; elle refusa, il insista, il paya. Le facteur parti, il s'attendait à ce qu'elle l'ouvrît sans délai, mais la servante s'en désintéressa. Rowland Hill, stupéfait, lui demanda des explications ; « elle est vide, répondit-elle, et ne contient aucune lettre. Sur l'enveloppe, il a écrit quelques signes que seuls lui et moi pouvons déchiffrer. Je lis donc... l'enveloppe ! De la sorte, je ne paye jamais le courrier, mais nous continuons à communiquer. » À la suite de cette découverte, Sir Rowland jugea bon d'inventer le timbre-poste.

— Plusieurs historiens prétendent que cette scène s'est bien déroulée, ajouta Walter Tellus, mais que le véritable héros en était le poète Colridge et non Rowland Hill.

— C'est bien possible, admit Higgins, mais elle m'a permis de comprendre comment l'assassin communiquait avec sa victime et lui adressait des menaces de plus en plus précises. Les anciens codes, à base de signes géométriques, sont connus d'érudits comme Sir Balfour.

— L'assassin est donc un philatéliste chevronné, observa lady Almina.

— C'est du moins ce qu'il a voulu faire croire.

Higgins s'assit sur le fauteuil de Sir Balfour.

— Un bien étrange assassin, en vérité... il a dessiné quelques fausses pistes, mais a pris soin de laisser sa trace, comme s'il souhaitait être arrêté. Ainsi, dans le tiroir de ce bureau, il a « oublié » la liste des rendez-vous de la victime le jour du meurtre. Parmi les noms, le sien. Il savait qu'une enquête serrée mènerait à lui, mais n'établirait-elle pas la vérité sur le respectable Sir Balfour Pregforth et son peu glorieux passé ? La clé du tiroir était « cachée » dans un pot à tabac, autrement dit aisément accessible ; accessible comme la clé même de cette affaire qui me fut transmise avec tact et distinction.

Un instant, Marlow se demanda si Higgins n'allait pas revenir à lady Almina ; mais l'ex-inspecteur-chef posa sur le bureau de Sir Balfour la dernière lettre qu'il avait reçue et confiée à sa maîtresse.

— Sir Balfour, indiqua-t-il, avait découvert l'identité de son assassin, grâce à cette lettre. Du moins, une identité relative : celle du fils du collaborateur qu'il avait condamné à mort, en l'envoyant en Inde, dans une province perdue de l'Empire.

— Ce n'est pas la version officielle, objecta Norman Reed ; il lui a évité la prison et le déshonneur.

— La réalité est sensiblement différente, affirma Higgins ; sinon, pourquoi sir Balfour aurait-il été terrorisé, à juste titre, par cet ultime message, adressé au « directeur des postes britanniques », bien qu'il fût à la retraite ? Parce que les dentelures du timbre n'ont pas été faites par une machine à perforer, dont aucun exemplaire n'existait dans ces contrées perdues, mais par une vieille machine à coudre. Le préposé piquait les feuilles de timbres, d'une bien modeste facture, et obtenait des perforations convenables. Une simple observation suffit à Sir Balfour pour savoir d'où provenait cette ultime enveloppe et son timbre ; le passé revenait à la surface.

— Quel passé ? interrogea lady Almina.

— L'épisode le plus sombre de l'existence de votre

mari. Son principal collaborateur, un nommé Harold Smith, a eu le malheur de lui déplaire, sans doute parce qu'il entrait en concurrence avec lui pour l'obtention d'un poste. Pour se débarrasser de cet adversaire gênant, Sir Balfour l'a fait accuser de vol. Contrairement à ce que m'a raconté M. Reed, il ne fut pas son sauveur, mais son tortionnaire ; il insista pour que Smith, malgré une santé défaillante, fût nommé le plus loin possible, dans un pays où le climat ne lui laisserait aucune chance de vivre bien longtemps. Le calcul se révéla exact ; ni Harold Smith ni son épouse ne résistèrent à l'isolement, à la misère et à l'humidité. Seul survécut un fils, disparu en Inde, quelques années plus tard. Mais l'arrivée de cette dernière lettre, au timbre si particulier, et aux signes annonçant l'assassinat, prouva à Sir Balfour que le fils de son ancien collaborateur était toujours vivant et qu'il voulait se venger. D'une certaine manière, lady Almina, votre mari était un criminel, et le destin criait vengeance.

— Ce fils... serait-il ici ?

— Sir Balfour savait qu'il était âgé d'une cinquantaine d'années, mais il ne connaissait ni son allure ni son visage. Est-ce vous, M. Tellus ? Vous, M. Reed ? Vous, M. Babwin, ou bien vous M. Arrow ?

Le chocolatier s'agita sur son siège, le conseiller culturel garda son calme, l'éditeur de catalogues fit « non » de sa main droite aux doigts potelés, l'expert haussa les épaules.

— Pourquoi sir Balfour est-il venu me voir ? demanda Samantha Witchcroft.

— Parce qu'il craignait que le fils de Harold Smith eût conclu une alliance avec vous, son ennemi irréductible ; mais il se trompait. L'assassin a agi seul, sans l'aide de personne. Il a perpétré son crime avec une arme suffisamment originale pour que l'enquête la rattachât aussitôt à l'univers de la philatélie. Jolie fausse piste, à laquelle s'ajoutait le bris du buste de Sir Rowland Hill, comme si le meurtrier s'en prenait au grand homme que vénérait sa victime et remettait en cause les valeurs établies. Mais tout cela était inutile, puisque l'assassin était venu me dire la vérité, à peine maquillée, cette vérité qu'il fallait faire connaître à tout prix, même s'il la payait de sa liberté. Ai-je bien compris votre démarche, M. Reed ?

Tous les regards se tournèrent vers le diplomate, qui demeura serein.

— La vérité est préférable à tout, inspecteur.

— Vous avez dû beaucoup souffrir, et cette souffrance n'a cessé de croître pour vous pousser jusqu'au crime.

Scott Marlow émit une objection.

— Comment M. Reed pourrait-il être le fils de Harold Smith ? Il a toujours vécu en Angleterre, comme son dossier en fait foi !

— Un dossier que nous avons obtenu au *Foreign Office*, où travaille Norman Reed ; un dossier qu'il a lui-même conçu, rédigé et classé, dès le jour où il est entré dans cette administration, grâce à sa connaissance vécue de l'Extrême-Orient. Conseiller culturel, il m'a annoncé son prochain départ pour l'étranger, où il aurait tenté de retrouver la paix, après son crime.

— Vous êtes convaincant, reconnut Norman Reed.

— Vous avez beaucoup hésité sur la conduite à suivre, reprit Higgins ; ou bien tuer celui que vous considériez comme l'assassin de vos parents et vous rendre, ou bien tenter d'échapper au Yard. Vous avez choisi une solution intermédiaire, en privilégiant la découverte de la vérité.

— Disposez-vous d'une preuve réelle contre moi ?

— Celle que vous êtes venu chercher dans le bureau de Sir Balfour, en simulant un cambriolage. Sur ce point, vous avez commis une erreur en croyant qu'il conserverait la lettre sanglante dans son sanctuaire. Vous ignoriez qu'il avait une maîtresse et qu'il lui confierait ce précieux document. Je suppose que vous n'avez pas été trop déçu ; vous vous saviez condamné, et sans doute en fûtes-vous soulagé.

— Pourquoi s'agit-il d'une preuve décisive ?

— À cause du sang.

— Celui de Balfour Pregforth ?

— Ce n'est pas le sien, M. Reed, mais le vôtre. Celui de l'expéditeur, pour signifier son crime imminent, et non celui du destinataire.

ÉPILOGUE

— Beau procès en perspective, estima Marlow.

— Ce n'est plus notre affaire, répondit Higgins.

Un étrange soleil brillait sur Londres ; revigorée, la vieille Bentley filait bon train en direction de Fleet Street. Elle s'immobilisa devant l'immeuble moderne où John Babwin, abandonnant la publication philatélique, avait fermé ses bureaux.

Adossé au mur, le clochard triait ses dernières découvertes. Higgins descendit de la Bentley et le salua.

— Comment va le commerce ?

— Pas folichon, inspecteur ; avec le départ du bandit à la tête lunaire, ça ne risque pas de s'améliorer.

— Pourriez-vous me montrer vos dernières trouvailles ?

— Vous seriez acheteur ?

— Sait-on jamais ?

Le clochard remua, et puisa dans une poche une enveloppe contenant des timbres. Higgins les examina sans hâte. L'un d'eux retint son attention.

— Avez-vous entendu parler de l'île Maurice ?

— Pas plus que ça... pas la porte d'à côté, hein ?

— En 1847, le gouverneur, Sir William Maynard Gomm voulut faire plaisir à son épouse, qui organisait un grand bal masqué où étaient conviées toutes les personnalités de l'île. Il demanda l'émission d'une série de timbres spéciaux que lady Gomm colla avec délices sur les enveloppes.

— Les riches ont de ces idées...

— Ces timbres sont restés d'autant plus célèbres, poursuivit Higgins, que le graveur a commis une erreur en écrivant « *Post Office* » au lieu de l'habituel « *Post Paid* » ; épuisés, ces timbres ne furent pas réimprimés, et il n'en subsiste que vingt-sept dans le monde entier.

— Ça ne doit pas se trouver dans une poubelle.

— Heureux de pouvoir vous détromper, mon ami ; vous venez de mettre la main sur le vingt-huitième exemplaire, en excellent état.

— Et... ça vaut quelque chose ?

— Une petite fortune. Soyez ferme dans vos négociations et adressez-vous à un acheteur sérieux.

Le clochard admira le timbre de l'île Maurice.

— Ça, c'est curieux... je n'avais pas l'impression de l'avoir déniché, celui-là ! On jurerait qu'il est arrivé là par miracle.

— Les gens sont trop sceptiques, de nos jours.

Composé par EURONUMÉRIQUE *92120 Montrouge*
et achevé d'imprimer en février 1995
sur les presses de la Société Nouvelle Firmin-Didot
à Mesnil-sur-l'Estrée (Eure)

— N° d'imprimeur : 30160 —
— N° d'éditeur : DSY 27. —
Dépôt légal : mars 1995.

Imprimé en France